# 世界広布の大道

## 小説「新・人間革命」に学ぶ

VI 完

26巻～30巻下

聖教新聞社

目次

**第26巻** …… 7
基礎資料編 …… 9
名場面編 …… 17
御書編 …… 27
解説編 …… 35

**第27巻** …… 43
基礎資料編 …… 45
名場面編 …… 53
御書編 …… 63
解説編 …… 71

**第28巻** …… 79
基礎資料編 …… 81
名場面編 …… 89
御書編 …… 99
解説編 …… 107

**第29巻** …… 115
基礎資料編 …… 117
名場面編 …… 125
御書編 …… 135
解説編 …… 143

**第30巻〈上〉** …… 151
基礎資料編 …… 153
名場面編 …… 161
御書編 …… 171
解説編 …… 179

**第30巻〈下〉** …… 187
基礎資料編 …… 189
名場面編 …… 197
御書編 …… 207
解説編 …… 215
あとがき編 …… 223

挿　絵　内田健一郎
イラスト　間瀬健治
装　幀　株式会社プランク

一、本書は、「聖教新聞」に連載の「世界広布の大道　小説『新・人間革命』に学ぶ」（二〇二一年二月三日付～二〇二一年八月六日付）を収録した。

一、御書の御文は、『新編　日蓮大聖人御書全集』（創価学会版、第二七八刷）、法華経の経文は、『妙法蓮華経並開結』（創価学会版、第二刷）に基づき、（御書〇〇ジ）、（法華経〇〇ジ）と示した。

一、『新・人間革命』の本文は、聖教ワイド文庫の最新刷に基づき、（〇ジ）と示した。

一、編集部による注は、（＝　）と表記した。

編集部

# 『新・人間革命』

## 第26巻

「聖教新聞」連載
（2012年6月15日付〜2013年7月22日付）

第26巻

# 基礎資料編

各章のあらすじ

物語の時期

1977年（昭和52年）9月30日～78年3月半ば

1977年（昭和52年）9月30日、山本伸一《やまもとしんいち》は、恩師《おんし》・戸田城聖《とだじょうせい》の故《こ》郷《きょう》である北海道・厚田村《あつたむら》（現在の石《いし》狩《かり》市厚田区）に完成した戸田記念墓地公園へ。

それは、恩師を永遠に顕彰《けんしょう》し、その精神をとどめる「記念の城」であった。

伸一は公園内にある戸田講堂を視察《しさつ》。その夜、戸田の縁者《えんじゃ》が営《いとな》む戸田旅館を訪《おとず》れる。さらに、恩師から世界広宣流布《こうせんるふ》を託《たく》された厚田の浜辺《はまべ》に立つ。

10月1日、戸田講堂の開館記念勤行会で、墓地公園の意義を「永遠の広布旅、師弟《してい》旅の象徴《しょうちょう》」と述べる。

# 「厚田《あつた》」の章

祝賀の集《つど》いでは、男子部結成式前夜の、戸田との師弟の語らいを青年たちに伝え、広宣流布の大願《だいがん》を常に起こすように訴《うった》える。

翌《よく》2日の開園式では、厚田を〝生《しょう》死不二《じふに》の永遠の都〟に、墓地公園は〝人間蘇生《そせい》の憩《いこ》いの広場〟と語る。

3日の、北海道広布功労者《こうろうしゃ》の追《つい》善法要《ぜんほうよう》では、御書を拝《はい》し、広布に生き抜《ぬ》く人は「生《せい》の仏《ほとけ》」であり、仏・菩薩《ぼさつ》の境涯《きょうがい》のまま「死の仏」となると指導する。また、友の激《げき》励《れい》にも奔走《ほんそう》。

7日の記念勤行会《ごんぎょうかい》で「人間革命」「地域友好」「信心継承《けいしょう》」の3指針《ししん》を示し、帰京の直前まで指導を続ける。

「教学の年」第2年となる1978年（昭和53年）の1月6日の新春本部幹部会で、広布第2章の「支部制」の実施《じっし》が発表される。それまでの総ブロックを支部とし、草《そう》創《そう》期《き》の支部のように、弘教《ぐきょう》の「法《ほう》旗《き》」を敢然《かんぜん》と掲《かか》げ、学会伝統の信心錬磨《れんま》の組織を築《きず》き上《あ》げていくことになった。

山本伸一《やまもとしんいち》は「支部制」の新しい発展《はってん》の原動力は婦人部（現在の女性部）であると考え、14日、第2東京本部の婦人部勤行会に出席。

また、15日に行われる教学部の試験に向け、教学部師範《しはん》会議や教学部大会に臨《のぞ》み、自《みずか》ら教学運動の先陣《せんじん》を切《き》っていった。

## 「法《ほう》旗《き》」の章

16日、伸一は愛媛県の松山へ。青年部幹部の家族や、会館管理者《かんりしゃ》とその家族を励《はげ》まし、学会を陰《かげ》で黙々《もくもく》と支える友に光を当てる。

17日、愛媛県幹部会へ。18日には功労者宅《こうろうしゃたく》に足を運ぶ。

また、松山支部結成18周年記念勤行会《ごんぎょうかい》では、参加者を会場の愛媛文化会館の玄関《げんかん》前で出迎《でむか》える。勤行会では、広布の一切のカギは自身の人間革命《にんげんかくめい》、人格革命にあると強調した。

さらに、地元の婦人部幹部の要《よう》請《せい》を受け、愛媛訪問《ほうもん》最終日の19日に勤行会を開催《かいさい》。

幹部は会員のためにいるとの精神を行動で示す。

1978年（昭和53年）1月19日、香川県の四国研修道場《けんしゅうどうじょう》を訪問《ほうもん》した山本伸一《やまもとしんいち》は、源平《げんぺい》・屋島《やしま》の戦いの舞台《ぶたい》となった夜の海を眺《なが》める。日《にち》蓮大聖人《れんだいしょうにん》の「立正安国《りっしょうあんこく》」に思いを巡《めぐ》らせ、「新しい創価学会の発迹顕《ほっしゃくけん》本《ぽん》」といえる戦いの開始を誓《ちか》う。

また、方面・県幹部との懇談会《こんだんかい》では、〝会合での指導と個人指導の比率は2対8を目標に〟等と指導。

新支部体制の出発となる本部幹部会が21日、四国研修道場で開催《かいさい》され、支部長の代表に支部証が手《て》渡《わた》された。伸一は、幹部の最も大事な信心の基本姿勢《しせい》は、一同志のために尽《つ》くし抜《ぬ》くことであると力《りき》説《せつ》する。

# 「勇将《ゆうしょう》」の章

翌《よく》22日は、希望者全員が参加できる勤行《ごんぎょう》指導会を開催《かいさい》し、集《つど》った同志に渾身《こんしん》の激励《げきれい》を重ねる。午後は、高松講堂の建設予定地で、寒《かん》風《ぷう》のなか、彼を待っていたメンバーを励《はげ》ます。

四国から関西に向かった伸一は、25日、明日香《あすか》文化会館で奈良支部結成17周年記念幹部会に出席。席上、奈良支部の初代支部長・婦人部長夫妻に花束《はなたば》が贈《おく》られた。伸一は、広布の「勇将《ゆうしょう》」をたたえ、折《しゃく》伏《ぶく》・弘教《ぐきょう》にこそ創価学会の使命と精神があることを述べ、わが生命に「信心の王城《おうじょう》」を、「広布の師弟城」をと訴《うった》えた。

# 「奮迅《ふんじん》」の章

山本伸一《やまもとしんいち》は1978年（昭和53年）1月27日、全国で行われる支部結成大会の冒頭《ぼうとう》を飾《かざ》る、東京・杉並区《すぎなみく》の方南《ほうなん》支部結成大会に出席。「支部は地域における学会本部」と語り、師子奮迅《ししふんじん》の戦いをと呼《よ》びかける。

30日には、第2東京支部長会に出席。

2月18日の本部幹部会では、幹部は会員の皆《みな》さんの成長のために心を砕《くだ》き、献身《けんしん》するなかに向上《こうじょう》があると述べた。

19日の信越《しんえつ》男子部幹部会では、ホイットマンの詩の一節《いっせつ》を通し、悪戦苦闘《あくせんくとう》を覚悟《かくご》し、「さあ、出発しよう！」と皆《みな》の決意を促《うなが》す。

伸一は、最前線《さいぜんせん》組織であるブロック強化《きょうか》の流れを埼玉からつくろうと考える。3月6日、首脳《しゅのう》幹部との懇談《こんだん》で、若《わか》き日の埼玉・川越《かわごえ》地区での御書講義《ごしょこうぎ》について述懐《じゅっかい》し、真剣《しんけん》勝負の行動の大切さを強調。

7日、埼玉婦人部のブロック担当員会《たんとういんかい》で、「自行化他《じぎょうけた》にわたる実践《じっせん》のなかにこそ自身の真実の幸せがある」と指導する。

伸一の奮闘《ふんとう》によって、「支部制」に魂《たましい》が打《う》ち込《こ》まれ、組織の隅々《すみずみ》まで、新生の息吹《いぶき》があふれていった。

3月の半《なか》ば、彼は幹部に、油断《ゆだん》を排《はい》し、「日々挑戦《ちょうせん》」をと訴《うった》える。

この頃、宗門《しゅうもん》の悪侶《あくりょ》らによる誹謗中傷《ひぼうちゅうしょう》が、激《はげ》しさを増していたのである。

# 学会の墓地公園

北海道・厚田の戸田記念墓地公園
（2019 年 5 月）

戸田記念墓地公園の開園を祝う集いで、
ピアノを奏でる池田先生（1977 年 10 月 2 日）

| 開園した年月 | 墓地公園 | 所在都道府県 |
|---|---|---|
| 1977 年 10 月 | 戸田記念墓地公園 | 北海道 |
| 1980 年 11 月 | 富士桜自然墓地公園 | 静岡県 |
| 1987 年 9 月 | はるな池田記念墓地公園 | 群馬県 |
| 1990 年 5 月 | 中部池田記念墓地公園 | 三重県 |
| 1990 年 6 月 | 関西池田記念墓地公園 | 兵庫県 |
| 1990 年 9 月 | 東北池田記念墓地公園 | 宮城県 |
| 1996 年 10 月 | 中国平和記念墓地公園 | 広島県 |
| 1996 年 10 月 | 山光平和記念墓地公園 | 島根県 |
| 1999 年 3 月 | 沖縄平和記念墓地公園 | 沖縄県 |
| 2000 年 3 月 | ひたち平和記念墓地公園 | 茨城県 |
| 2002 年 6 月 | 四国池田記念墓地公園 | 香川県 |
| 2002 年 9 月 | みちのく池田記念墓地公園 | 岩手県 |
| 2005 年 7 月 | 九州池田記念墓地公園 | 大分県 |
| 2016 年 5 月 | びわこ池田記念墓地公園 | 滋賀県 |
| 2019 年 9 月 | 牧口記念墓地公園 | 新潟県 |

# 山本伸一の激《げき》励《れい》行《こう》

## 香川

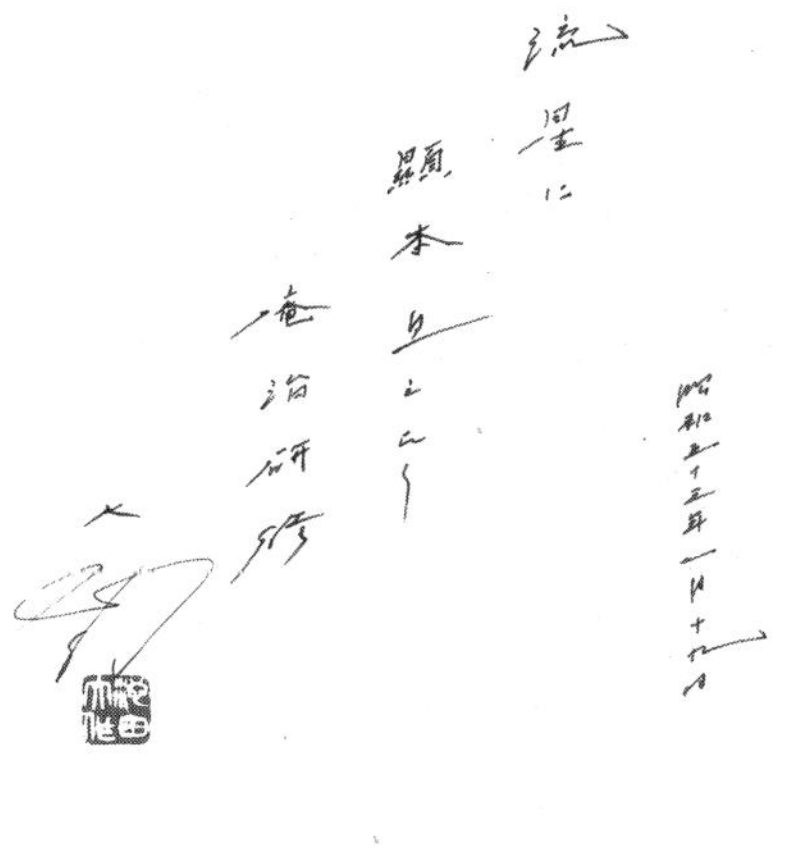


「流星に　顕本見えたり　庵治研修」。夜空に走る流星の光を見て詠んだ句（1978 年 1 月 19 日、四国研修道場で）

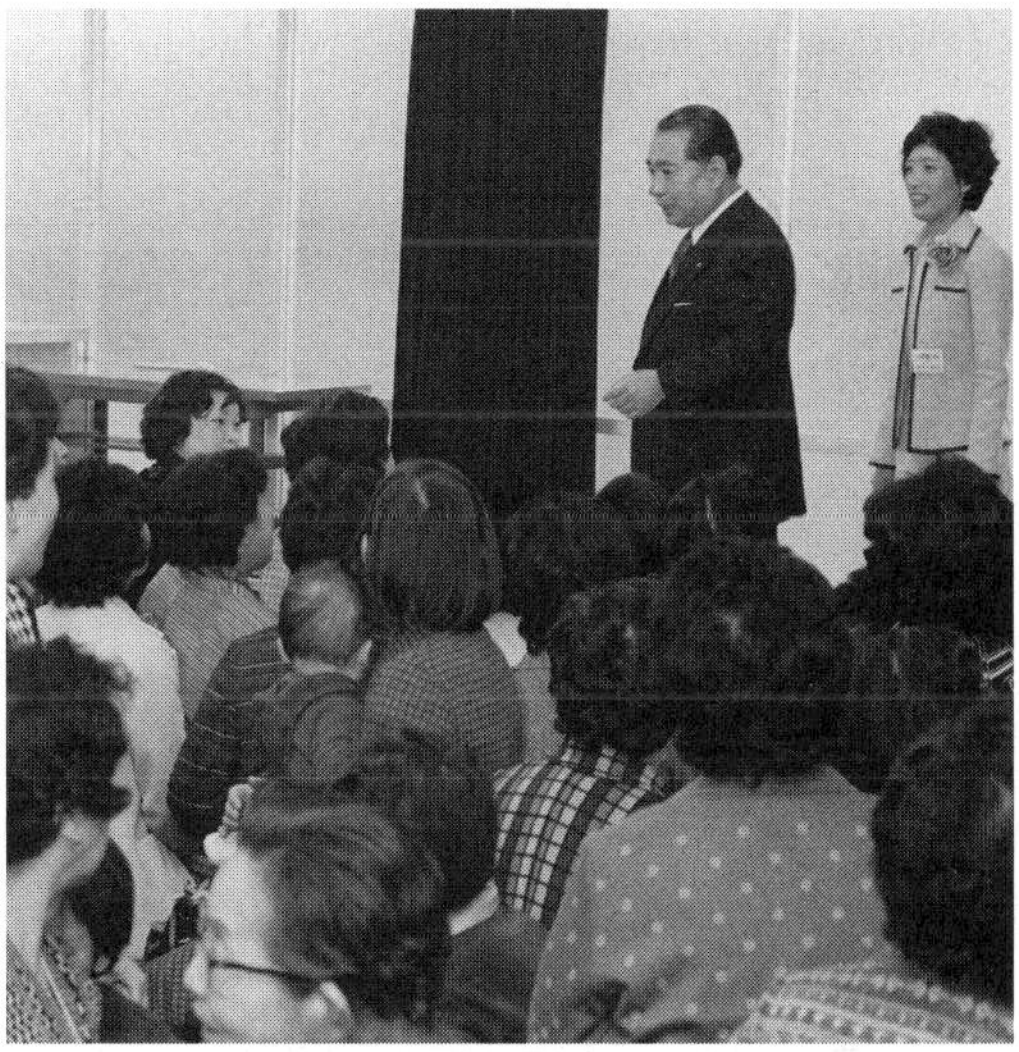

香川の四国研修道場で同志を激励する池田先生（1978年1月22日）

## 愛媛

出発の直前まで愛媛の友に励ましを送る（1978 年 1 月 19 日、愛媛文化会館〈当時〉で）

## 奈良

奈良支部結成 17 周年を記念する幹部会に出席（1978 年 1 月 25 日、明日香文化会館で）

# 広布第２章の「支部制」

「おばあちゃん！　よくいらっしゃいました」──花束を老婦人に手渡す池田先生（１９７８年1月27日、東京・杉並の方南支部結成大会で）

1978 年、広布第２章の「支部制」がスタート。池田先生は、東京・杉並区の方南支部結成大会に出席。全国の同志に訴《うった》える思いで語った。

「広宣流布《こうせんるふ》といっても、どこか遠《とお》い、別《べつ》のところにあると思《おも》うのは間違《まちが》いです。自分自身《じぶんじしん》のなかにあるんです。家庭《かてい》のなかにあるんです。近隣《きんりん》の人びととの絆《きずな》のなかにあるんです。創価《そうか》の法友《ほうゆう》の輪《わ》のなかにあるんです。そこに、模範《もはん》の広布像《こうふぞう》をつくるんです。

自身《じしん》の足元《あしもと》を固《かた》めよう──これが、最《もっと》も強調《きょうちょう》しておきたいことです」

（「奮迅《ふんじん》」の章、330 ～ 332ページ）

# 第26巻

# 名場面編

## 「厚田《あつた》」の章　約束《やくそく》を守ることが信頼《しんらい》の柱《はしら》

**〈1977年（昭和52年）10月、山本伸一《やまもとしんいち》は、北海道《ほっかいどう》・厚田《あつた》でブロック長・担当員《たんとういん》として活躍《かつやく》する、元藤徹《もとふじとおる》・トミ夫妻が営《いとな》む食料・雑貨店を訪問《ほうもん》した〉**

ふくよかな顔《かお》に、優《やさ》しい笑《え》みを浮《う》かべ、婦人《ふじん》が店《みせ》に出て来た。元藤トミであった。

彼女《かのじょ》は、一瞬《いっしゅん》、〝山本先生《せんせい》に、あまりにもよく似《に》ている。もしや、先生ではないか〟と思《おも》った。しかし、〝まさか、先生がうちになど来《こ》られるはずがない〟と思い直《なお》した。

その時、夫《おっと》の徹が、「先生！」と言って、奥《おく》から飛《と》び出《だ》して来た。トミは、絶句《ぜっく》した。

伸一は、微笑《ほほえ》みながら言った。

「今日《きょう》は、十七年前の約束《やくそく》を果《は》たしに来ましたよ。このお店の物《もの》を、全部、買《か》おうと思って、お小遣《こづか》いを貯《た》めてきたんです」

徹は、「十七年前の約束ですか？」と言って、キョトンとした顔で伸一を見た。

「そうです。昭和三十五年に、厚田村《あつたむら》に会長《かいちょう》就任《しゅうにん》のごあいさつに来た折《おり》に、お宅《たく》に伺《うかが》う約束をしたではありませんか！」

徹は、思い出したのか、「あっ！」と声《こえ》をあげた。トミも驚《おどろ》いた表情《ひょうじょう》で伸一を見た。

約束は、信頼《しんらい》の柱《はしら》である。人の信頼を勝ち取るための最大《さいだい》の要件《ようけん》は、約束を忘《わす》れず、必《かなら》ず果たしていくことだ。たとえ、相手《あいて》が忘れていたとしても、それを守っていくことによって、自《じ》分《ぶん》の生き方、信念《しんねん》、人格《じんかく》が確立《かくりつ》されていくのである。

伸一は、元藤商店《しょうてん》の数坪《すうつぼ》ほどの店内《てんない》に並《なら》べられた商品《しょうひん》を、次々《つぎつぎ》と購入《こうにゅう》していった。（中略）

妻《つま》のトミは、伸一が購入した品々《しなじな》を、せっせと段《だん》ボールに入れていた。

笑っていた徹の顔が、次第《しだい》に感無量《かんむりょう》の面持《おもも》ちになっていった。彼は思《おも》った。

〝十七年前におっしゃった一言《ひとこと》を忘《わす》れず、お忙《いそが》しいなか、わざわざ私の店を訪《たず》ねてくださった。そして、私を励《はげ》まそうと、買《か》い物《もの》までしてくださる。こんな方《かた》が、この世界《せかい》のどこにいるだろうか……〟

買い物を終《お》えると、伸一《しんいち》は元藤夫妻《もとふじふさい》に言った。

「小《ちい》さな商店《しょうてん》は、大きなスーパーなどと比《くら》べれば、生み出す利益《りえき》は少《すく》ないかも知れません。しかし、地域《ちいき》の人びとの生活《せいかつ》を支える、大事《だいじ》な生命線《せいめいせん》の役割《やくわり》を担《にな》っています。

どうか、地域に根《ね》を張《は》り、信頼《しんらい》の大樹《たいじゅ》となってください。お店《みせ》が繁盛《はんじょう》し、ご夫妻が幸《しあわ》せになることが、信心《しんじん》の勝利《しょうり》です。また、おじゃまします。お元気《げんき》で！」

徹《とおる》は、伸一の言葉《ことば》に、ハッとした。

〝家族《かぞく》の生活を守《まも》るためだけの店じゃないんだ。地域の人びとの生活を支えるための店なんだ〟――そう思《おも》うと深《ふか》い使命《しめい》を感《かん》じた。


（「厚田《あつた》」の章、47～49ページ）

## 「法旗《ほうき》」の章　広布《こうふ》第一の信念《しんねん》に勝利《しょうり》輝《かがや》く

**〈1963年（昭和38年）11月、山本伸一《やまもとしんいち》は、愛媛県《えひめけん》初《はつ》の会館《かいかん》である松山《まつやま》会館の落成入仏式《らくせいにゅうぶつしき》に出席した〉**

伸一は、学会の会館は、「人材《じんざい》をつくる城《しろ》」であり、「民衆救済《みんしゅうきゅうさい》の城」であり、「慈悲《じひ》の城」であると力説《りきせつ》。「どうか、皆《みな》さんは、〝一切《いっさい》の民衆を救うのだ！　この松山の広宣流布《こうせんるふ》をするのだ！〟との決意《けつい》で立ち上がってください」と、訴《うった》えたのである。そして、帰《かえ》り際《ぎわ》には、参加者《さんかしゃ》と握手《あくしゅ》を交《か》わした。そのなかに、入会《にゅうかい》一年の羽《は》生直一《にゅうなおかず》もいた。伸一は、彼《かれ》の手を、強《つよ》く握《にぎ》り締《し》め、じっと目を見つめて言った。

「松山を頼《たの》みます！」

直一は、ぎゅっと握り返しながら、無我夢中《むがむちゅう》で答《こた》えていた。

「はい！　頑張《がんば》ります」（中略）

〝俺《おれ》は、山本先生に誓《ちか》った。人間《にんげん》と人間の約《やく》束《そく》をしたんだ。あの言葉《ことば》を、その場限《ばかぎ》りのものとして終《お》わらせては、絶対《ぜったい》にならない。松山の広宣流布の責任《せきにん》をもつのだ！〟

それを、わが信念《しんねん》とし、努力《どりょく》に努力を重《かさ》ねた。妻《つま》のみさ子と共《とも》に、草創《そうそう》の地区部長《ちくぶちょう》、地区担当員《たんとういん》や支部長《しぶちょう》、支部婦人部長《ふじんぶちょう》などを歴任《れきにん》していった。彼らは自分《じぶん》たちのことより、「広宣流布第一」「松山第一」と決めていた。広布《こうふ》こそ、わが人生《じんせい》と決めた時、人生は開花《かいか》する。

地域《ちいき》に会場《かいじょう》がなくて、皆《みな》が困《こま》っていることに気づくと、当時《とうじ》、呉服店《ごふくてん》の二階《かい》にあった自宅《じたく》を会場に提供《ていきょう》した。会合《かいごう》に集《つど》ってくる人は、呉服店の玄関《げんかん》を使《つか》うことになる。

ある時、店《みせ》に税務署員《ぜいむしょいん》が調査《ちょうさ》に来た。ひっきりなしに客《きゃく》が出入《でい》りしていると聞き、〝申告《しんこく》している以上《いじょう》の、莫大《ばくだい》な儲《もう》けがあるのではないか〟と思《おも》ったようだ。

直一《なおかず》が帳簿《ちょうぼ》を見せようとすると、税務署員《ぜいむしょいん》は、「いや、結構《けっこう》です」と言って帰《かえ》っていった。人の出入《でい》りは激《はげ》しいが、皆《みな》、二階《かい》に上がり、帰る時も荷物《にもつ》が増《ふ》えていない。訪問者《ほうもんしゃ》は、会合参加《かいごうさんか》者《しゃ》とわかったのだ。

直一は、仕事《しごと》では〝お客様《きゃくさま》へのきめ細《こま》かな対応《たいおう》〟を心《こころ》がけてきた。学会活動《がっかいかつどう》でも、それを実践《じっせん》した。

たとえば、日々《ひび》の活動が忙《いそが》しいと、病魔《びょうま》と闘《たたか》っている人などへの激励《げきれい》は、後回《あとまわ》しになりがちになっていると感《かん》じた彼《かれ》は、そうした同志《どうし》への激励の日を設《もう》けることにした。その日は、重《じゅう》点的《てんてき》に、入院中《にゅういんちゅう》の人や自宅療養中《じたくりょうようちゅう》の人を見舞《みま》ったり、高齢《こうれい》で体《からだ》が不自由《ふじゆう》な人などを励《はげ》ますことにしたのである。（中略）

羽生夫妻《はにゅうふさい》が地区部長《ちくぶちょう》、地区担当員《たんとういん》をしていた時、地区の大多数《だいたすう》の人が一級《いっきゅう》の闘士《とうし》となった。彼らが所属《しょぞく》する愛媛支部《えひめしぶ》には、十余《あま》りの地区があったが、支部の弘教《ぐきょう》の半分《はんぶん》以上を、彼らの地区で占《し》めてしまったこともあった。

（「**法旗**《ほうき》」の章、173〜175ページ）

## 「勇将《ゆうしょう》」の章　同志《どうし》のための苦労《くろう》を厭《いと》うな

**〈1978年（昭和53年）1月、山本伸一《やまもとしんいち》は奈《な》良《ら》を訪《おとず》れ、「支部制《しぶせい》」出発の集いとなる幹部会に出席。支部長代表として、西坂勝雄《にしざかかつお》が登壇《とうだん》し、抱負《ほうふ》を語った〉**

彼（＝西坂）は、四十過《す》ぎの小柄《こがら》な壮年《そうねん》であった。その体《からだ》から、強《つよ》い気迫《きはく》をほとばしらせ、大きな声《こえ》で語《かた》り始《はじ》めた。緊張《きんちょう》のためか、やや早口《はやくち》であった。

「山本会長を迎《むか》え、広布《こうふ》第二章《しょう》の船出《ふなで》にあたり、創価学会《そうかがっかい》こそ、世界最高《せかいさいこう》の宗教《しゅうきょう》であることを証明《しょうめい》をするため、わが川原城《かわはらじょう》支部は燃《も》えに燃えて、戦《たたか》いを開始《かいし》いたしました」（中略）

「すごいぞ！　頑張《がんば》れ！」と、伸一の合《あ》いの手《て》が入《はい》った。西坂は勢《いきお》いづいた。

彼は、かつては貧乏《びんぼう》や病気《びょうき》で悩《なや》んでいた支部員の一人《ひとり》ひとりに、功徳《くどく》の実証《じっしょう》が現《あらわ》れ、その体験《たいけん》が座談会《ざだんかい》で楽《たの》しく語り合われている様《よう》子《す》を報告《ほうこく》。そして、新たなスタートに際《さい》し、支部で掲《かか》げたモットーを発表《はっぴょう》した。

「一、悩んだら指導《しどう》を受けよう。
一、グチをいうより題目《だいもく》だ。
一、クヨクヨするより実践《じっせん》だ。
このモットーを合言葉《あいことば》に、徹底《てってい》して全支部員《ぜんしぶいん》への激励《げきれい》と仏法対話《ぶっぽうたいわ》を進《すす》めてまいります」

伸一は、各支部が、いかんなく個性《こせい》を発揮《はっき》し、意欲的《いよくてき》に、明《あか》るく活動《かつどう》を進めてほしかった。それが、飛躍《ひやく》の活力《かつりょく》となるからだ。

西坂は、最後《さいご》に、ひときわ力《ちから》を込《こ》めて訴《うった》えた。

「一昨年《いっさくねん》、山本先生は、『恐《おそ》るるな　功徳《くどく》したたる　妙法《みょうほう》の　法旗《ほうき》高らか　奈良は厳《げん》たり』との和歌《わか》を、奈良の同志《どうし》に贈《おく》ってくださいました。私は、この和歌のごとく、力の限《かぎ》り前進《ぜんしん》してまいります！」

真剣《しんけん》であった。懸命《けんめい》であった。

伸一《しんいち》は、新支部長《しんしぶちょう》の、その心意気《こころいき》が嬉《うれ》しかった。
彼は、西坂《にしざか》にも、激励《げきれい》に記念《きねん》の品を贈《おく》りたかった。
しかし、何もない。御宝前《ごほうぜん》に供《そな》えられた直径《ちょっけい》五十センチほどの鏡餅《かがみもち》を見ると、彼は県長《けんちょう》らに言った。

「これを差《さ》し上《あ》げようよ」

拍手《はくしゅ》が起《お》こった。伸一は、鏡餅を台《だい》ごと一人《ひとり》で持《も》ち上げようとした。重《おも》さは二十キロ以上《いじょう》もある。県長の沖本徳光《おきもととくみつ》は、運《はこ》ぶのを手伝《てつだ》おうと、手を差し出《だ》した。しかし、伸一は、一人で抱《かか》えるようにして、西坂のところまで運んだ。餅についていた粉《こな》で、スーツは白《しろ》くなっていた。だが、そんなことは、全《まった》く気にも留《と》めず、「頼《たの》むよ！」と言って渡《わた》した。受け取った西坂の足《あし》がふらついた。

沖本は、伸一の行動《こうどう》から、リーダーの在《あ》り方《かた》を語《かた》る、師《し》の声《こえ》を聞いた思《おも》いがした。

〝人を頼《たよ》るな！　自分《じぶん》が汚《よご》れることを厭《いと》うな！　同志《どうし》を大切《たいせつ》にし、励《はげ》ますのだ。それが、学会《がっかい》の幹部《かんぶ》じゃないか！〟

（「勇将《ゆうしょう》」の章、306～308ページ）

# 「奮迅《ふんじん》」の章　歓喜《かんき》の連鎖《れんさ》に拡大は飛躍《ひやく》

**〈1952年（昭和27年）、山本伸一《やまもとしんいち》は蒲田支《かまたし》部《ぶ》の支部幹事《かんじ》として、二月闘争《とうそう》の指揮《しき》を執《と》った。当時、埼玉・川越《かわごえ》地区の御書講義《ごしょこうぎ》も担当《たんとう》しており、同年12月の講義の折、終了後《しゅうりょうご》、伸一は壮年の幹部から質問を受ける〉**

その壮年は、伸一に言った。

「今年《ことし》二月の蒲田支部の戦《たたか》いには、本当《ほんとう》に驚《おどろ》きました。山本さんが指揮《しき》を執《と》られて、折伏《しゃくぶく》が二百世帯《せたい》を超《こ》えたんですね。いつか、お伺《うかが》いしようと思《おも》っていたんですが、どうすれば、あんな戦いができるんですか」

「私は、戸田先生《とだせんせい》が会長《かいちょう》に就任《しゅうにん》された今こそ、千載一遇《せんざいいちぐう》の広宣流布《こうせんるふ》の好機《こうき》であると思っています。この数年《すうねん》で、どこまで拡大《かくだい》の波《なみ》を広《ひろ》げ、人材《じんざい》を育成《いくせい》できるかが勝負《しょうぶ》です。仏法史《ぶっぽうし》上《じょう》、これほど重要《じゅうよう》な〝時〟はありません。

だから〝弟子《でし》ならば立とう！　不惜身命《ふしゃくしんみょう》の実《じつ》践《せん》をしよう！〟と腹《はら》を決めたんです。特《とく》に二月は、折伏の総帥《そうすい》たる戸田先生が誕生《たんじょう》された月《つき》です。そこで、『折伏・弘教《ぐきょう》をもって、先生のお誕生の月を飾《かざ》ろう』と決意《けつい》するとともに、皆《みな》にも訴《うった》えました。（中略）

〝先生のために戦うのだ〟と思うと、勇気《ゆうき》が、歓喜《かんき》が、込《こ》み上《あ》げてくるんです。それを蒲田の同志に伝《つた》えたかったんです。

もう一つ、私が叫《さけ》び抜《ぬ》いたのは、『宿命転《しゅくめいてん》換《かん》、境涯革命《きょうがいかくめい》のための戦いを起《お》こそう！』ということでした。同志《どうし》は皆《みな》、深刻《しんこく》な経済苦《けいざいく》や病苦《びょうく》などをかかえ、苦《くる》しんでいました。

その宿命を転換し、幸福《こうふく》になるための信心《しんじん》であり、唱題《しょうだい》であり、弘教です。

学会活動《がっかいかつどう》は、すべて自分《じぶん》のためなんです。題《だい》目《もく》と折伏をもってして、解決《かいけつ》できない悩《なや》みなどありません。そのことを戸田先生は、命《いのち》を懸《か》け

て力説《りきせつ》されています。

したがって私は、『この二月の闘争《とうそう》で、各人《かくじん》が悩《なや》みを乗《の》り越《こ》える突破口《とっぱこう》を開き、功徳《くどく》の実証《じっしょう》を、宿命転換《しゅくめいてんかん》の実証を、断《だん》じて示《しめ》していこう』と訴《うった》えたんです。私は、支部《しぶ》の方々全員《かたがたぜんいん》に、なんとしても幸《しあわ》せになってほしかった。いや、支部幹事《かんじ》として、絶対《ぜったい》にそうしなければならない責任《せきにん》があるんです。

皆《みな》も、〝必《かなら》ず宿命を転換してみせる！〟という決意《けつい》を固め、闘魂《とうこん》を燃《も》え上《あ》がらせて、戦《たたか》いを開始《かいし》してくれました。（中略）

すると、病気《びょうき》を克服《こくふく》できたとか、失業《しつぎょう》していたが仕事《しごと》が決まったなどという体験《たいけん》が、次々《つぎつぎ》に生まれていきました。（中略）

それに触発《しょくはつ》され、〝よし、自分も折伏《しゃくぶく》をしよう！〟と立ち上がる人や、入会《にゅうかい》を希望《きぼう》する人が、ますます増《ふ》えていきました。

功徳《くどく》の連鎖《れんさ》、歓喜《かんき》の連鎖が起こった時に、活動の歩《あゆ》みは飛躍的《ひやくてき》に前進《ぜんしん》します」

（「奮迅《ふんじん》」の章、407～409㌻）

# 第26巻

# 御書編

# 正法正義《しょうほうしょうぎ》の大道《だいどう》に大難《だいなん》あり

## 御文

破《は》信《しん》堕《だ》悪《あく》御書　御書1303ジペー

釈迦仏《しゃかぶつ》は三十二相《そう》そなわ《具》って身は金色《こんじき》・面《おもて》は満月のごとし、しかれども或《あるい》は悪人はすみ《炭》とみる《見》・或は悪人ははい《灰》とみる・或は悪人はかたき《敵》とみる

## 通解

釈尊《しゃくそん》は、仏《ほとけ》の特質である三十二相《そう》をそなえ、身は金色に輝《かがや》き、その顔は満月のようだ。しかしながら、ある悪人は炭と見、ある者は灰《はい》と見る。また他の悪人は敵と見る。

**小説の場面から**

**〈1977年（昭和52年）10月、山本伸一《やまもとしんいち》は、北海道・厚田《あつた》に完成した戸田講堂《とだこうどう》の開館《かいかん》記念勤行会に出席。広宣流布《こうせんるふ》の道は常に険路《けんろ》であることから、皆《みな》の覚悟《かくご》を促《うなが》していく〉**

「この釈迦仏《しゃかぶつ》とは、三十二相《そう》といわれる仏《ほとけ》としての優《すぐ》れた身体的特質《しんたいてきとくしつ》を備《そな》えた、インド応誕《おうたん》の釈尊《しゃくそん》でありました。釈尊は、仏として人びとから最高《さいこう》の尊敬《そんけい》を受けておりました。それでも、心《こころ》の曲《ま》がった悪人《あくにん》は、金色《こんじき》に輝《かがや》く仏を、炭《すみ》と見たり、灰《はい》と見たり、敵《かたき》と見てしまうとの意味であります。

その釈尊に対《たい》して、御本仏《ごほんぶつ》・日蓮大聖人《にちれんだいしょうにん》は、凡夫《ぼんぷ》の姿《すがた》で、悪世末法《あくせまっぽう》に出現《しゅつげん》された。したがって、大聖人が数々《かずかず》の大難《だいなん》に遭《あ》われたのは、当然《とうぜん》と言えましょう。

いわんや、われらは凡愚《ぼんぐ》の身《み》であり、民衆《みんしゅう》、信徒《しんと》です。その私どもが、大聖人の仰《おお》せ通《どお》りに、広宣流布を現実《げんじつ》のものとしてきた。軽《かろ》んじられてきた庶民《しょみん》が、最《もっと》も尊《とうと》い聖業《せいぎょう》を担《にな》ってきたのであります。

さまざまな難《なん》が、北風《きたかぜ》が、怒濤《どとう》が、嵐《あらし》が吹《ふ》き荒《あ》れるのは、これまた当然のことと言わざるを得《え》ません。ゆえに、牧口先生《まきぐちせんせい》、戸田《とだ》先生は投獄《とうごく》され、牧口先生は命《いのち》をも奪《うば》われました。私の人生《じんせい》も相次《あいつ》ぐ迫害《はくがい》の連続《れんぞく》でした。御書に照《て》らして、当然、これからも、わが学会《がっかい》には、激《はげ》しい北風の突風《とっぷう》が吹くでありましょう。

しかし、絶対《ぜったい》に負《ま》けてはならない。絶対に屈《くっ》してはならない」

（中略）

正法正義《しょうほうしょうぎ》の大道《だいどう》に大難《だいなん》あり——その道理《どうり》を悟《さと》ることが、覚悟《かくご》の信仰《しんこう》なのだ。

（「厚田《あつた》」の章、26〜29ページ）

# 己心《こしん》の師匠《ししょう》が勇気の源泉《げんせん》に

御文

各各《おのおの》師子王《ししおう》の心を取《と》り出《いだ》して・いかに人をどすともをづる事なかれ、師子王は百獣《ひゃくじゅう》にをぢず・師子の子・又《また》かくのごとし

聖人御難事《しょうにんごなんじ》　御書1190ジペー

通解

あなたがた一人《ひとり》一人が師子王《ししおう》の心を奮《ふる》い起《お》こして、どのように人が脅《おど》そうとも、決して恐《おそ》れてはならない。師子王は百獣《ひゃくじゅう》を恐れない。師子の子もまた同じである。

第26巻
第27巻
第28巻
第29巻
第30巻〈上〉
第30巻〈下〉

## 小説の場面から

**〈1951年（昭和26年）9月25日、山本伸一《やまもとしんいち》は、第1回の埼玉・川越《かわごえ》地区での御書講義《ごしょこうぎ》で「師子《しし》王《おう》の心」について語った〉**

「『師子王の心』とは何か。日蓮大聖人《にちれんだいしょうにん》の大精神《だいせいしん》であり、末法《まっぽう》の一切衆生《いっさいしゅじょう》を救済《きゅうさい》していこうという御心《おこころ》です。そして、その仰《おお》せのままに、広宣流布《こうせんるふ》に立たれた、牧口先生《まきぐちせんせい》、戸田《とだ》先生のご精神でもあります。また、師子王の『師子《しし》』とは、師匠《ししょう》と弟《で》子であり、師弟《してい》を意味《いみ》しています。

つまり、弟子が師匠と呼吸《こきゅう》を合《あ》わせ、同じ決意《けつい》に立ってこそ、何ものをも恐《おそ》れぬ、勇敢《ゆうかん》な『師子王の心』を取《と》り出《いだ》していくことができるんです。

私は、毎日《まいにち》、〝弟子ならば、戸田先生のご期待《きたい》にお応《こた》えするんだ！〟〝先生に、お喜《よろこ》びいただける広宣流布の歴史《れきし》を残《のこ》そう！〟と、自分《じぶん》に言い聞かせています。すると、どんな苦難《くなん》に直面《ちょくめん》しても、〝へこたれてなるものか！〟という勇気が湧《わ》いてきます。

また、わが胸中《きょうちゅう》に師匠をいだき、いつも師と共《とも》に生きている人は、人生《じんせい》の軌道《きどう》、幸福《こうふく》の軌道を踏《ふ》み外《はず》すことはありません。

その己心《こしん》の師匠が、自分の臆病《おくびょう》や怠惰《たいだ》を戒《いまし》め、勇気と挑戦《ちょうせん》を促《うなが》し、慢心《まんしん》を打《う》ち砕《くだ》いてくれるからです。人の目はごまかせても、己心の師匠は、じっと一切を見ています。

私たちには、戸田先生という偉大《いだい》な広宣流布の師匠がいます。その先生が、いつ、どこにあっても、自身《じしん》の胸中《きょうちゅう》にいる人が、真《しん》の弟子なんです」

（「奮迅《ふんじん》」の章、395～396ページ）

### 社会の変革《へんかく》は人間の内面から

アフリカには「ウブントゥ（ubuntu）」という言葉があります。「あなたがいて、私がいる」という人間観です。

コロナ禍《か》や気候変動《きこうへんどう》など、私たちは今、地球的な危機《きき》に直面《ちょくめん》しています。それらの要因《よういん》は一様《いちよう》に、人間と人間、人間と自然の関係に由来していると言えます。ゆえに、一人《ひとり》一人が自《みずか》らの内面《ないめん》を見つめ、行動を変革《へんかく》しなければなりません。

ローマクラブは、半世紀にわたり持続可能《じぞくかのう》な社会の建設のために、人間の行動の変革を訴《うった》え続けてきました。しかし、環境破壊《はかい》は進んでいます。一昨年（＝2019年）、ローマクラブの総会の開催に当

## 危機《きき》を乗《の》り越《こ》える哲学《てつがく》
## 識者が語る

ローマクラブ共同会長
マンペラ・ランペレ 博士

たって、私は自分が発信《はっしん》すべきメッセージを模索《もさく》しました。その折《おり》、ローマクラブの創立者であるペッチェイ博士と池田SGI会長との対談集『21世紀への警鐘《けいしょう》』（邦題）に出合ったのです。

2人が語る「人間革命」という思想を学び、人類《じんるい》が置《お》かれている危機的な状況《じょうきょう》を乗《の》り越《こ》えていくには、「人間革命」を推進《すいしん》するしかないと感じました。ローマクラブは、「新たな人類文明」の創出《そうしゅつ》に向けて取り組んでいますが、そのために重要《じゅうよう》なことが「人間革命」について語り合い、実践《じっせん》することです。

「人間革命」の理念は、私や私たちの世代《せだい》にとって、南アフリカにおける「自由への闘争《とうそう》」を思い起《お》

こさせるものでした。

当初《とうしょ》、私たちは「アパルトヘイト（人種隔離《じんしゅかくり》）」という「制度」と戦っていました。しかし1960年代後半になって、〝真の変革は一人一人の内面《ないめん》から始《はじ》まる〟と気付《きづ》いたのです。

当時、学生を中心に広がった、黒人であることの誇《ほこ》りと自覚を通して、精神的自立《じりつ》と自助《じじょ》を目指す「黒人意識《いしき》運動」は、まさに「人間革命運動」でした。武器や銃《じゅう》を持った戦いではなく、自分自身の心を解放《かいほう》する運動であり、白人の意識変革を促《うなが》すものでもあったのです。

人生で大切なのは、皆《みな》が、かけがえのない生命を持っているということです。社会の安全は、すべての人の生命が尊重《そんちょう》されてこそ実現できるものです。人間関係を大切にし、地球を大切にすること。こうした意識を持つことが、自分の考え方を変えていくために必要です。

現在の危機は、人間の行動を抜《ばっ》本的《ぽんてき》に変えるチャンスです。変革は、私たち一人一人から始まるのです。

池田先生とローマクラブの創立者ペッチェイ博士が再会を喜び合う（1982年1月、都内で）。2人の語らいは、対談集『21世紀への警鐘』（邦題）として結実する

**Mamphela Ramphele**

南アフリカ出身の著名な社会活動家、医師。ケープタウン大学の副総長、世界銀行の副総裁などを歴任。2018年、ローマクラブ初のアフリカ出身・初の女性の共同会長に就任している。

ここにフォーカス

# 墓園《ぼえん》は「永遠《えいえん》の師弟旅《していたび》」の象徴《しょうちょう》

全国15カ所にある創価学会の墓地公園《ぼちこうえん》。緑豊かな景観《けいかん》や美しく整備された施設《しせつ》、職員の爽《さわ》やかな応対に、墓参者《ぼさんしゃ》や地元住民の方々から、賛嘆《さんたん》の声が寄せられています。

「厚田《あつた》」の章に、学会の墓園の基本理念が示されています。

第一に、永遠の生命観に立脚《りっきゃく》し、安定した質の高い維持《いじ》、管理を行う「恒久性《こうきゅうせい》」。

第二に、皆《みな》が仏性《ぶっしょう》を具《そな》えているという平等観《びょうどうかん》に立ち、墓《はか》の大小を競《きそ》うような風潮《ふうちょう》を排《はい》した「平等性」。

第三に、妙法の生死不二《しょうじふに》の原理を象徴《しょうちょう》する、親しみやすい「明るさ」。

この三つの理念に賛同《さんどう》し、創価学会の墓地公園を、「自然と共に生きて、何十年も先まで、地域に根《ね》ざし続け、一種の文化に発展《はってん》する景観」の先駆的存在《せんくてきそんざい》とたたえる識者もいます。

そんな墓園の発展に、誰《だれ》よりも心を砕《くだ》いてきたのが池田先生です。墓園に足を運んだ際も、職員に対し、「来《き》た人に喜んでもらおうよ」と、〝色調《しきちょう》を考え、色とりどりの花や木を植えよう〟など、具体的な提案をしています。

「厚田」の章に、「永遠《えいえん》の広布旅《こうふたび》、師弟《してい》旅の象徴《しょうちょう》ともいうべきものが、この墓地公園であります」と。

永遠の生命、生死不二を説く仏法に基《もと》づく墓地公園の存在意義は今、ますます輝《かがや》きを増しています。

# 第26巻

# 解説編

紙上講座

# 池田博正 主任副会長

動画で見る
セイキョウムービー（5分00秒）

ポイント

①**同志を守り抜《ぬ》く決心**
②**広布第2章の「支部制」**
③**弟子の大成《たいせい》を見届《みとど》ける**

第26巻は、1977年（昭和52年）9月、山本伸《やまもとしん》一《いち》が、第2代会長・戸田城聖《とだじょうせい》先生の故郷《こきょう》である北海道・厚田村《あつたむら》（現在の石狩市《いしかりし》厚田区）を訪問《ほうもん》する場面からスタートします。恩師《おんし》の名を冠《かん》した「戸田記念墓《ぼ》地公園《ちこうえん》」が完成し、10月2日に開園式が行われます。

墓園の構想は、**「わが同志《どうし》と一緒《いっしょ》に、どこかで静《しず》かに眠《ねむ》りに就《つ》きたいものだな」**（24㌻）との戸田先生の一言に由来しています。

恩師の言葉は、生死不二《しょうじふに》の原理に照《て》らしていえば、**「再《ふたた》び新《あら》たなる生命《せいめい》を蘇《よみがえ》らせ、共々《ともども》に広宣流布《こうせんるふ》に戦《たたか》っていこう」**（25㌻）との意味であり、墓地公園は**「その永遠《えいえん》の広布旅《こうふたび》、師弟《してい》旅の象徴《しょうちょう》ともいうべきもの」**（同）です。

伸一は、恩師の言葉を心に刻《きざ》み、墓園の構想を実現させました。そして、**「創価学会《そうかがっかい》の基盤《きばん》も、これで完璧《かんぺき》に出来上《できあ》がった」**（同）と宣言《せんげん》したのです。

広布の基盤が完成する一方で、顕在化《けんざいか》しつつあったのが、伸一を排斥《はいせき》しようという宗門の謀略《ぼうりゃく》でした。77年は、第1次宗門事件前夜ともいうべき状況《じょうきょう》にありました。

72年（昭和47年）秋に「広布《こうふ》第2章」が開幕《かいまく》した後、学会《がっかい》は本格的に会館建設に着手します。それまで、宗門の外護《げご》を優先《ゆうせん》し、寺院の建設などに力《ちから》を入れていたのです。

また、教学運動についても、大聖人《だいしょうにん》の仏法《ぶっぽう》を世界へと広げるため、新しい展開《てんかい》を開始《かいし》しました。ところが、宗門の僧《そう》は、「広布第2章」の学会の運動を理解できず、それどころか、宗門から〝独立しようとしている〟と曲解。77年ごろから寺の行事などで、執拗《しつよう》に学会批判《ひはん》を繰《く》り返《かえ》すようになります。それでも、伸一《しんいち》は「僧俗和合《そうぞくわごう》」を願い、宗門を大きく包《つつ》み込《こ》もうとします。

戸田墓園《とだぼえん》の開園式で、伸一はこう訴《うった》えます。**「何があろうが、驚《おどろ》いたり、臆《おく》してはいけません。どのような厳《きび》しい烈風《れっぷう》に対《たい》しても、私が屋根《やね》となり、防波《ぼうは》堤《てい》となっていきます」**（55ページ）

彼の心には、いかなる状況になっても、同志を守り抜《ぬ》こうとの、揺《ゆ》るがない決心がみなぎっていたのです。

「法旗《ほうき》」「勇将《ゆうしょう》」の章では、伸一の50歳の節目《ふしめ》について言及《げんきゅう》されています。50歳は、日蓮大聖人《にちれんだいしょうにん》が、竜《たつ》の口《くち》の法難《ほうなん》と佐渡流罪《さどるざい》に遭《あ》われた年齢《ねんれい》（数え年）でした。大聖人の御境地《ごきょうち》に思いを馳《は》せ、伸一は**「わが人《じん》生《せい》の、さらに、新《あたら》しい創価《そうか》学会の発迹顕本《ほっしゃくけんぽん》といえる戦《たたか》いを開始せねばならない」**（218ページ）と誓《ちか》います。

私たちにとって、「発迹顕本」とは、**「広宣流布《こうせんるふ》を、人生の至上《しじょう》の目的《もくてき》、使命《しめい》と定《さだ》め、その果敢《かかん》なる実践《じっせん》を、現実生活《げんじつせいかつ》のなかで展開《てんかい》していくこと」**（217ページ）です。大切なことは、日々、「地涌《じゆ》の使命」に燃え、広布拡大に挑《いど》んでいくことです。

## リーダーの自覚《じかく》

広布第2章の「支部制《しぶせい》」の実施《じっし》が発表されたのは、78年（昭和53年）の新春本部幹部会でした。それまでの「総ブロック」を「支部」とし、総ブロック長は支部長《しぶちょう》、総ブロック委員は支部婦人部長《ふじんぶちょう》、男女青年部の総ブロック長は部長として新出発《しんしゅっぱつ》を切りました。

　支部制という〝新《あたら》しい流れ〟がスタートする中で、伸一《しんいち》は、学会《がっかい》活動が多元的《たげんてき》になるほど、**「基本《きほん》を疎《おろそ》かにしてはならない」**（255㌻）と訴《うった》えます。

　リーダーの基本的な実践《じっせん》について、伸一は次の点を強調します。

　1点目は、会合での指導《しどう》と個人《こじん》指導を「2対8」の比率《ひりつ》にしていくことです。**「二対八を目標《もくひょう》にしていけば、もっと人材《じんざい》が育《そだ》ちます。学会も強《つよ》くなっていきます。また、何よりも、幹部の皆《みな》さんが大きく成《せい》長《ちょう》していくことができます」**（221㌻）と述べています。

　2点目は、〝折伏《しゃくぶく》精神〟を学会の隅々《すみずみ》にまで燃《も》え上《あ》がらせることです。支部のリーダーには、**「常《つね》に自分《じぶん》と同じ心《こころ》で、〝折伏精神〟をたぎらせ、あらゆる活動の先陣《せんじん》を切ってほしかった」**（310㌻）のです。

　3点目は、支部組織《そしき》は本部と同等《どうとう》の責任《せきにん》と使命《しめい》を担《にな》っており、**「支部は地域《ちいき》における学会本部であると決めて、各人《かくじん》が地域に仏法《ぶっぽう》を打《う》ち立《た》て、展開《てんかい》して」**（329㌻）いくことです。

　先月（２０２１年1月）、学会創立《そうりつ》１００周年への第一歩を刻《きざ》む第1回本部幹部会とともに、第1回青年部幹部会が開催《かいさい》されました。コロナ禍《か》の中にあって、会合や激励《げきれい》の方法も多様化《たようか》し、世界広布《こうふ》への〝新しい流れ〟が加速しています。

　学会活動の在《あ》り方《かた》は、時代に相応《そうおう》した変化を遂《と》げていかねばなりません。しかし、根本《こんぽん》は決《けっ》して変わりません。危機《きき》の今こそ、『新・人間革命』から学会精神を学び、活動に取り組んでいく姿勢《しせい》が肝要《かんよう》です。**「組織を活性化《かっせいか》させ、地域広布を推進《すいしん》する根本は、人間《にんげん》の一念《いちねん》の転換《てんかん》にこそある」**（127㌻）と記《しる》されている通り、広布推進の原動力は、どこまでいっても、リーダーの一念です。

　師が示した指針《ししん》の実践——その繰《く》り返《かえ》しの中で、新時代を開く広布《こうふ》の堅固《けんご》な基盤《きばん》が築かれていくのです。

## 総仕上《そうしあ》げの指針《ししん》

第26巻では、「総仕上《そうしあ》げ」という言葉が一つのテーマとなっています。

「厚田《あつた》」の章では、〝人生の総仕上げ〟について、「老《お》い」は終局を待つ日々ではなく、**「今世《こんぜ》の人生《じんせい》の総仕上げであるとともに、次《つぎ》の新《あたら》しき生への準備期間《じゅんびきかん》なのである」**（81ページ）と述べられます。

さらに同章では〝広布の総仕上げ〟の指針《ししん》として、①自身《じしん》の人間革命、②友好《ゆうこう》活動の継続《けいぞく》、③一家《いっか》の信心継承《けいしょう》、の3点が示されています。

「奮迅《ふんじん》」の章では、57年（昭和32年）の「夏季ブロック指導《しどう》」の模様《もよう》を通して、〝師匠《ししょう》の総仕上げの戦《たたか》い〟についてつづられています。

この年、戸田《とだ》先生の生涯《しょうがい》の願業《がんぎょう》である75万世帯の達成が見え始めていました。夏季ブロック指導で東京・荒川区の指揮《しき》を執《と》った伸一《しんいち》は、友の激励《げきれい》に奔走《ほんそう》し、1週間で、区の会員世帯の1割を超《こ》す弘教《ぐきょう》を成《な》し遂《と》げます。

伸一は、その戦いを通して、**「師匠の総仕上げの戦いというのは、弟子《でし》の大成《たいせい》を見届《みとど》けることなんです。つまり、弟子が、『先生！　わが勝利《しょうり》を、ご覧《らん》ください！』と、師匠に胸《むね》を張《は》って報告《ほうこく》できる実証《じっしょう》を示すことなんです。それが、師弟不二《していふに》です。私は、そう心を定《さだ》めたからこそ、力《ちから》が出せた」**（350ページ）と語ります。

弟子が受け身ではなく、**「師の指導を深《ふか》く思索《しさく》し、わがものとして、人びとの幸《しあわ》せのため、広宣流布《こうせんるふ》のために、勝利の旗《はた》を打《う》ち立《た》てていく」**（367ページ）。ここに、「師弟不二」の戦いがあります。〝総仕上げ〟の指針を心に刻《きざ》みながら、一人《ひとり》一人が、「勝利の旗」を打ち立ててまいりましょう。

# 名言集

## 希望《きぼう》

心《こころ》が敗《やぶ》れてしまえば、希望《きぼう》の種子《しゅし》は腐《くさ》り、芽《め》が出ることはない。希望は、豊《ゆた》かで、強《つよ》い心の大地《だいち》から生まれるんだ。自分《じぶん》の心の外《そと》にあるものじゃないんだ。

（「厚田《あつた》」の章、8ページ）

## 組織《そしき》

強靱《きょうじん》な組織《そしき》、無敵《むてき》の組織とは、功徳《くどく》の体験の花《はな》が、万朶《ばんだ》と咲《さ》き誇《ほこ》る組織である。

（「法旗《ほうき》」の章、119ページ）

## 心の共有《きょうゆう》

人間主義《にんげんしゅぎ》とは、何か特別《とくべつ》な生き方をすることではない。奮闘《ふんとう》している人や苦労《くろう》している人がいたら、声《こえ》をかけ、励《はげ》ます。喜《よろこ》んでいる人がいたら、共《とも》に手を取って喜び合《あ》う――その心の共有《きょうゆう》のなかにこそあるのだ。

（「法旗《ほうき》」の章、170ページ）

## 信仰者《しんこうしゃ》

御本尊《ごほんぞん》への真剣《しんけん》な祈《いの》りに始《はじ》まり、祈りに終わる。それが信仰者《しんこうしゃ》の生き方である。祈り、題目《だいもく》を忘《わす》れて勝利《しょうり》はない。

（「勇将《ゆうしょう》」の章、223ページ）

## 持続《じぞく》

持続《じぞく》とは、単《たん》に、昨日《きのう》と同じことをしていればよいという意味《いみ》ではありません。それでは惰性《だせい》です。〝さあ、出発《しゅっぱつ》しよう〟と、日々《ひび》、新《あら》たな決意《けつい》で、自分《じぶん》を鼓舞《こぶ》して戦《たたか》いを起《お》こし続《つづ》けていくのが、本当《ほんとう》の持続の信心《しんじん》なんです。

（「奮迅《ふんじん》」の章、374ジペー）

明日香文化会館での奈良支部結成20周年を記念する自由勤行会（1981年11月20日）。1978年1月24日、同会館を初訪問する様子が「勇将」の章に描かれている

春の陽光に包まれる瀬戸内海。美しい花を咲かせる桜木に、新緑が芽吹く（池田先生撮影。1985年４月、香川・四国研修道場で)。第 26 巻では四国での激励行がつづられる

# 『新・人間革命』

## 第27巻

「聖教新聞」連載
(2013年10月21日付〜2014年9月3日付)

第27巻

# 基礎資料編

各章のあらすじ

物語の時期

1978年（昭和53年）4月～6月

# 「若芽《わかめ》」の章

1978年（昭和53年）4月9日、東京創価小学校が誕生《たんじょう》し、第1回入学式が晴れやかに行われた。

創立者の山本伸一《やまもとしんいち》は、入学式終了《しゅうりょう》後《ご》、児童《じどう》たちと記念撮影《さつえい》、記念植樹《しょくじゅ》をする。彼は前日にも小学校を訪《おとず》れ、校内を視察《しさつ》。教員や児童らと懇談《こんだん》する。

伸一の創価小学校に対する期待は大きく、前年には建設現場に足を運んだ。9日の記念植樹《しょくじゅ》の後、伸一は児童たちと昼食を共にし、未来に伸《の》びゆく「若芽《わかめ》」たちに祝福《しゅくふく》を送る。

その後も、伸一は折《おり》あるごとに小学校を訪問《ほうもん》し、母子《ぼし》家庭や経済《けいざい》的《てき》に大変な家庭の児童、障《しょう》がいのある児童らと会い、抱《だ》きかかえるように激励《げきれい》する。

10月には運動会に出席し、全員が立派《りっぱ》な社会のリーダーに育っていくよう全力を尽《つ》くすと語る。また79年（同54年）3月には、児童祭にも出席。黄金の思い出を刻《きざ》んでいく。

82年（同57年）3月、第1回卒業式で「『平和』の二字だけは生涯忘《しょうがいわす》れてはならない」と訴《うった》える。翌月《よくげつ》には、大阪府枚方市《ひらかたし》に関西創価小学校も開校する。創価一貫教育《いっかんきょういく》は21世紀に向かって、大きく翼《つばさ》を広げた。

# 「正義」の章

１９７８年（昭和53年）、宗門《しゅうもん》の若《わか》手僧《てそう》らの学会攻撃《がっかいこうげき》は激《はげ》しさを増していた。

学会は、72年（同47年）に「広布《こうふ》第2章」の船出をする。山本伸一《やまもとしんいち》は、本格的な世界広宣流布《こうせんるふ》の流れをつくろうと、日蓮仏法《にちれんぶっぽう》の本義《ほんぎ》に立ち返った教学の深化《しんか》を図《はか》り、万人《ばんにん》の平等を説《と》く仏法の法理を、広く社会に展開《てんかい》してきた。

宗門僧は、それを謗法《ほうぼう》と断じて学会を迫害《はくがい》。伸一は「正義」を貫《つらぬ》くとともに、仏子《ぶっし》を守るために、宗門の法主《ほっす》・日達《にったつ》とも対話し、事態の収束《しゅうそく》に努《つと》めてきた。

78年4月15日、埼玉文化合唱祭に出席した伸一は、信仰《しんこう》によって躍動《やくどう》する生命で奏《かな》でる音楽や歌声は、万人の心を結ぶ〝文化の懸《か》け橋《はし》〟となり、仏法を世界に開く推進力《すいしんりょく》となると訴《うった》える。また20日、静岡の伊東平和会館《かいかん》の開館記念勤行会では、迫害《はくがい》は、広宣流布をしてきた証明であると指導《しどう》する。

さらに23日、伸一は三重研修道場での三重文化合唱祭に出席。24日には、地元の婦人部本部長宅《たく》を訪《おとず》れ、草創《そうそう》の功労者《こうろうしゃ》らと語り合うなどして、三重文化会館へ。25日は関西に移り、30日には「'78千葉文化祭」を観賞。各地で入魂《にゅうこん》の励《はげ》ましに徹《てっ》した。

１９７８年（昭和53年）５月３日、会長就任《しゅうにん》18周年を祝賀する記念勤行会が全国各地で開催《かいさい》された。山本伸一《やまもとしんいち》は、創価大学での功労《こうろう》の同志《どうし》への表彰《ひょうしょう》式典で、「生涯《しょうがい》、信行学《しんぎょうがく》の実践《じっせん》を」と訴《うった》える。

５日、伸一は音楽隊の全国総会に臨《のぞ》む。終了後《しゅうりょうご》、テレビ局や新聞各社の記者と懇談《こんだん》し、青年の育成について語る。

９日、伸一は東京・練馬文化会館《かいかん》の開館記念勤行会へ。草創《そうそう》の同志を励《はげ》ました後、勤行会では「信心強盛《ごうじょう》な人こそ、最も〝富《と》める人〟」と指導する。

14日から、鹿児島県の九州研修道場で開催《かいさい》された春季研修会へ。鹿児島会館や会員宅《たく》も訪問《ほうもん》し、創価大学出身の青年部員らとも語らいのひとときをもつ。

# 「激闘《げきとう》」の章

17日には福岡へ飛び、九州最高会議で個人指導の基本姿勢《しせい》を確認《かくにん》。続いて福岡圏・別府支部《べふしぶ》の体験談大会であいさつする。

18日、山口市内の支部座談会《ざだんかい》では、座談会の在《あ》り方《かた》に触《ふ》れ、功徳《くどく》の体験を語り、信心の確信に満《み》ちた集《つど》いにと望む。

20日には平和原点の地・広島で初の開催《かいさい》となった本部幹部会に。

21日には岡山県女子部の合唱祭へ。

伸一は広宣流布《こうせんるふ》の道を開くため、間断《かんだん》なき「激闘《げきとう》」を続ける。

# 「求道《きゅうどう》」の章

1978年（昭和53年）5月27日、山本伸一《やまもとしんいち》は、東北平和会館《かいかん》（後の青葉平和会館）で東北婦人部長・書記長らを激励《げきれい》。その後、東北6県の代表との懇談会《こんだんかい》に臨《のぞ》み、翌日《よくじつ》は、宮城県幹部会に出席する。夜、伊達政宗《だてまさむね》の騎馬像《きばぞう》が立つ、青葉城址《じょうし》を散策《さんさく》。24年前、戸田城聖《とだじょうせい》と共に訪《おとず》れた折《おり》、師《し》が語った「学会は、人材をもって城《しろ》となす」との言葉を思い、誓《ちか》いを新たにする。

29日、福島県に移った伸一は、本部長ら代表幹部との懇親会に。

翌30日、郡山《こおりやま》会館を訪《おとず》れ、前年に亡《な》くなった会館管理者の追善法要《ついぜんほうよう》を行い、夫人を励《はげ》ます。

6月8日、伸一は北海道《ほっかいどう》へ。11日には、厚田《あつた》の戸田記念墓地公園《ぼちこうえん》での第6回北海道青年部総会で、30年先を目指し、広布の誓願《せいがん》に生き抜《ぬ》いてほしいと指導《しどう》する。

13日には釧路《くしろ》へ飛び、さらに別海の北海道研修道場を初訪問《はつほうもん》する。滞在中《たいざいちゅう》、役員の青年への激励をはじめ、標津《しべつ》町へも足を運ぶ。

15日、釧路圏と道東圏の支部長・婦人部長らによる北海道幹部会へ出席。

16日、上春別《かみしゅんべつ》で雑貨店とドライブインを営《いとな》む壮年と77歳の求道心旺盛《おうせい》な母親をたたえ、句《く》を贈《おく》る。

この北海道指導で、延《の》べ2万人を超《こ》える同志を励《はげ》ます。

# 東京 関西 創価小学校の開校

「若芽《わかめ》」の章には、1978 年（昭和 53 年）に開校した東京創価小学校の軌跡《きせき》が描《えが》かれる。82 年（同 57 年）には関西創価小学校が開校した。池田先生は同章の結びに、創価の学舎《まなびや》に集《つど》った鳳雛《ほうすう》たちへの万感の思いを記している。**「私は嬉《うれ》しい。君たちがいるから。私は楽《たの》しい。君たちがいるから。私は幸《しあわ》せである。君たちがいるから」**（104ページ）

東京創価小学校の新入生との記念撮影に臨む（1978年4月9日）

関西創価小学校の第1回入学式の2日後に同校へ（1982年4月12日）

# 人間讃歌《さんか》の合唱祭《がっしょうさい》

三重文化合唱祭
（1978 年 4 月 23 日）

埼玉文化合唱祭
（1978 年 4 月 15 日）

岡山県女子部合唱祭
（1978 年 5 月 21 日）

大阪女子部合唱祭
（1978 年 4 月 29 日）

1978 年(昭和 53 年)、学会は〝合唱祭《がっしょうさい》〟に力《ちから》を注《そそ》ぐ。**「信仰《しんこう》によって、人生《じんせい》の使命《しめい》を知った喜《よろこ》びと生命《せいめい》の躍動《やくどう》を、友《とも》の幸《しあわ》せのために生きる誇《ほこ》りと歓喜《かんき》を、歌声《うたごえ》をもって表現《ひょうげん》し、希望《きぼう》の春風《はるかぜ》を、地域《ちいき》に、社会《しゃかい》に送《おく》ろうとしたのである」**(107ページ)。山本伸一《やまもとしんいち》は、各地の〝合唱祭〟を通じ激励《げきれい》を重ねていった。

# 師《し》子《し》奮《ふん》迅《じん》の激《げき》励《れい》行《こう》

## 福岡

別府支部の体験談大会で友を励ます（1978年5月17日）

## 東京・練馬

学会員が営む製茶販売店で〝即席座談会〟（1978年5月9日）

## 広島

広島文化会館での本部幹部会（1978年5月20日）

## 山口

大歳支部の座談会に出席（1978年5月18日）

## 北海道

北海道研修道場でメンバーと握手を交わす（1978年6月14日）

## 福島

郡山会館を訪れ、居合わせた同志を激励（1978年5月30日）

第26巻
第27巻
第28巻
第29巻
第30巻〈上〉
第30巻〈下〉

# 第27巻

# 名場面編

## 「若芽《わかめ》」の章　陰《かげ》で働《はたら》く人への恩《おん》を忘《わす》れず

**〈1978年（昭和53年）4月の開校に向け、東京《とうきょう》創価小学校《しょうがっこう》の工事《こうじ》が急ピッチで進められていた。山本伸一《やまもとしんいち》は工事関係者《かんけいしゃ》に感謝《かんしゃ》を伝《つた》えたいと、建設現場《けんせつげんば》を訪《たず》ねた〉**

伸一は、作業服《さぎょうふく》に身《み》を包《つつ》んだ鈴木所長《すずきしょちょう》に語《かた》りかけた。

「私は、教育《きょういく》を自身《じしん》の最後《さいご》の事業《じぎょう》と決めて取《と》り組《く》んできました。東京創価小学校は、未来《みらい》の社会《しゃかい》を担《にな》う人材《じんざい》を育《はぐく》む場所《ばしょ》です。この学校から、二十一世紀《せいき》の平和《へいわ》の指導者《しどうしゃ》がたくさん育《そだ》っていきます。世界《せかい》にも羽《は》ばたいていきます。校舎《こうしゃ》は、その成長《せいちょう》の舞台《ぶたい》です。（中略）

着工《ちゃっこう》が遅《おそ》かったために、大変《たいへん》にご迷惑《めいわく》をおかけすることになると思いますが、どうか、ご尽力《じんりょく》ください。無事故《むじこ》での竣工《しゅんこう》を、くれぐれもお願《ねが》いいたします」

彼《かれ》は、自分《じぶん》の思いを率直《そっちょく》に語り、握手《あくしゅ》を交《か》わした。鈴木所長の表情《ひょうじょう》が引《ひ》き締《し》まった。東京創価小学校を建設《けんせつ》する意義《いぎ》に、深《ふか》く感銘《かんめい》してくれたようであった。（中略）

所長の鈴木元雄《もとお》は、作業に追《お》われ、自宅《じたく》がある神奈川県《かながわけん》の鎌倉《かまくら》に帰《かえ》れぬことも多かった。そんな時は、建設現場に泊《と》まり込《こ》んで陣頭指揮《じんとうしき》を執《と》った。工事途中《とちゅう》の教室《きょうしつ》の床《ゆか》に段《だん》ボールを敷《し》き、毛布《もうふ》にくるまって仮眠《かみん》し、朝《あさ》を迎《むか》えることもあった。

〝工事は、なんとしても間《ま》に合《あ》わせる！〟

その鈴木の一念《いちねん》と気迫《きはく》に打《う》たれ、現場の作業員も懸命《けんめい》に努力《どりょく》してくれた。工事は、ハイペースで進《すす》んだ。

（中略）

山本伸一は、四月九日、東京創価小学校の入学式終了後《にゅうがくしきしゅうりょうご》、（中略）正門《せいもん》を入《はい》って、すぐ右側《みぎがわ》に植《う》えられた一本《ぽん》の桜の前に立った。

小学校《しょうがっこう》の校舎建設《こうしゃけんせつ》の責任者《せきにんしゃ》を務《つと》めた所長《しょちょう》の鈴《すず》木元雄《きもとお》を顕彰《けんしょう》する桜である。伸一《しんいち》は、桜を見ながら、児童《じどう》たちに語《かた》っていった。

「この桜は、小学校《しょうがっこう》の校舎を建《た》ててくださった人たちへの、感謝《かんしゃ》の思《おも》いを込《こ》めて植《う》えたものです。（中略）

作業《さぎょう》は、たくさんの人が、雨《あめ》の日も、強《つよ》い北《きた》風《かぜ》の日も、雪《ゆき》の日も続《つづ》けてくださった」（中略）

「みんなの周《まわ》りには、みんなのために、陰《かげ》で、いろいろな苦労《くろう》をして働《はたら》いてくれている人が、たくさんいるんです。

学校を建ててくださった方《かた》もそうです。お父《とう》さんやお母《かあ》さんもそうです。これからお世話《せわ》になる学校の先生《せんせい》や職員《しょくいん》の方たち、また、通学《つうがく》で利用《りよう》することになる電車《でんしゃ》の運転手《うんてんしゅ》さんや駅員《えきいん》さんもそうです。みんなのために、朝早《あさはや》くから夜《よる》遅《おそ》くまで頑張《がんば》ってくださっている。その方々《かたがた》のご恩《おん》を忘《わす》れない人になってください」

（「若芽《わかめ》」の章、42～45ページ）

## 「正義」の章　師弟《してい》の誇《ほこ》りの歌《うた》を高らかに

**〈1978年（昭和53年）4月、山本伸一《やまもとしんいち》は中《ちゅう》部指導《ぶしどう》へ。中部の代表との懇談《こんだん》後、婦人《ふじん》が伸一のところへ来て、訴《うった》えた〉**

県《けん》の文化合唱祭《ぶんかがっしょうさい》を開催《かいさい》する三重《みえ》の婦人部長《ぶちょう》・平畑康江《ひらはたやすえ》である。

「あのう、文化合唱祭で、婦人部愛唱歌《あいしょうか》の『今日《きょう》も元気《げんき》で』を、どうして歌《うた》っては、いけないのでしょうか。

私たち婦人部員の思《おも》いがこもった、みんなが、いちばん好《す》きな学会歌なんです。どうか、歌わせてください！」

いかにも切羽詰《せっぱつ》まったという表情《ひょうじょう》であり、声《こえ》も震《ふる》えていた。

「今日も元気で」は、婦人部の愛唱歌として皆に親《した》しまれてきた歌である。歌詞《かし》には、日々《ひび》、喜《よろこ》びに燃《も》えて広宣流布《こうせんるふ》に走《はし》る婦人部員の、一途《いちず》な心意気《こころいき》が表現《ひょうげん》され、曲《きょく》も明《あか》るく軽快《けいかい》なリズムであった。

〽あかるい朝《あさ》の　陽《ひ》をあびて
今日も元気に　スクラムくんで
闘《たたか》うわれらの　心意気
うれしい時も　かなしい時も
かわす言葉《ことば》は
先生《せんせい》　先生　われらの先生

（中略）

三重文化合唱祭では、当初《とうしょ》、婦人部のメンバーが、「今日も元気で」を合唱することになっており、練習《れんしゅう》を重《かさ》ねてきた。しかし、それが中止《ちゅうし》になったのである。

この文化合唱祭には、中部布教区《ふきょうく》の僧侶《そうりょ》らも招待《しょうたい》していた。当時《とうじ》、学会員《がっかいいん》が会長《かいちょう》の山本伸一に全幅《ぜんぷく》の信頼《しんらい》を寄《よ》せ、師《し》と仰《あお》ぐことに対《たい》して、批判《ひはん》の矛先《ほこさき》を向ける僧たちもいたのである。そ

こで、そうした僧《そう》を刺激《しげき》してはまずいと考《かんが》えてか、この歌《うた》は歌わない方向《ほうこう》に決まったようであった。しかし、婦人部《ふじんぶ》は納得《なっとく》できなかった。

〝なぜ、いけないのだ！　師匠《ししょう》を求《もと》める私たちの思《おも》いがこもった歌を、どうして歌うことが許《ゆる》されないのか！〟（中略）

ただ〝歌が一曲《きょく》、歌えなくなった〟という問《もん》題《だい》ではなかった。自分《じぶん》たちの誇《ほこ》りが、いや、生き方そのものが、否定《ひてい》された思いがしてならなかったのである。（中略）

〝どうして、師匠を敬愛《けいあい》する心《こころ》を隠《かく》さなければならないのか！　どこかおかしい〟

結局《けっきょく》、婦人たちの主張《しゅちょう》が実《みの》り、「今日《きょう》も元気《げんき》で」は、三重文化合唱祭《みえぶんかがっしょうさい》で歌われることになったのである。（中略）

リハーサル会場で、「今日も元気で」を合唱できるようになったことが発表《はっぴょう》されると、大歓《だいかん》声《せい》と大拍手《だいはくしゅ》が響《ひび》き渡《わた》った。ハンカチで涙《なみだ》を拭《ぬぐ》う婦人もいた。

（「正義」の章、177～180ページ）

## 「激闘《げきとう》」の章　青年に全幅《ぜんぷく》の信頼《しんらい》を寄《よ》せて

**〈1978年（昭和53年）5月、山本伸一《やまもとしんいち》は音《おん》楽隊《がくたい》の全国総会《ぜんこくそうかい》に出席《しゅっせき》し、全精魂《ぜんせいこん》を込《こ》めて激励《げきれい》した〉**

終了後《しゅうりょうご》、彼《かれ》（＝山本伸一）は、観覧席《かんらんせき》からグラウンドに降《お》りた。大歓声《だいかんせい》が起《お》こった。彼は出《しゅつ》演者《えんしゃ》をはじめ、集《つど》った青年《せいねん》たちを励《はげ》ましていった。（中略）そのなかには、方面旗《ほうめんき》を両手《りょうて》で、終始《しゅうし》、支《ささ》え続《つづ》けてきたメンバーもいた。また、中等部員《ちゅうとうぶいん》の隊員もいた。

伸一は、グラウンドを回《まわ》りながら、各方面の音楽隊長と握手《あくしゅ》を交《か》わし、中等部の隊員を見つけると、歩《あゆ》み寄《よ》っては、両手を広《ひろ》げて、抱《かか》え込《こ》みながら語《かた》りかけた。

「すばらしい演技《えんぎ》でした。勉強《べんきょう》もしっかり頑《がん》張《ば》って！」

会場《かいじょう》に設置《せっち》されたバックパネルの足場《あしば》から、顔《かお》をのぞかせている作業服姿《さぎょうふくすがた》の設営《せつえい》メンバーがいた。伸一は、大きく手を振《ふ》り、頭《あたま》を下《さ》げた。ヘルメットの下《した》の顔《かお》がほころんだ。

額《ひたい》にも、首筋《くびすじ》にも、汗《あせ》を滲《にじ》ませながら、何人《なんにん》もの青年たちと握手を交わしていった。全力《ぜんりょく》で労《ろう》をねぎらう彼を見つめるメンバーの目には、涙《なみだ》が光《ひか》っていた。

このあと伸一は、創価大学《そうかだいがく》の会議室《かいぎしつ》で、テレビ局《きょく》や新聞各社《しんぶんかくしゃ》の記者《きしゃ》と懇談会《こんだんかい》をもった。記者の一人《ひとり》が質問《しつもん》した。

「いつ見ても、学会《がっかい》の青年部は躍動《やくどう》しているという印象《いんしょう》があります。また、その青年たちと山本会長《かいちょう》とは、深《ふか》い信頼《しんらい》で結《むす》ばれていることを実感《じっかん》します。会長は、どのようにして、青年たちとの信頼関係《かんけい》を培《つちか》ってこられたんでしょうか」

伸一は、静《しず》かに頷《うなず》くと、語《かた》り始《はじ》めた。

「ありのままに、お答《こた》えします。

私は、今日《きょう》も、〝ひたすら諸君《しょくん》の成長《せいちょう》を祈《いの》

り、待《ま》っている〞と言いました。また、〝一切《いっさい》をバトンタッチしたい〞とも語《かた》りました。青年《せいねん》たちに対《たい》する、その私の気持《きも》ちに、嘘《うそ》がないということなんです。

　私は、青年たちに、『自分《じぶん》は踏《ふ》み台《だい》である。諸君《しょくん》のためには、どんなことでもします』とも言ってきました。事実《じじつ》、青年部を百パーセント信頼《しんらい》し、なんでもする覚悟《かくご》です。

　また、青年に限《かぎ》らず、皆《みな》が喜《よろこ》んでくれるならと、たとえば、去年《きょねん》一年間で、色紙《しきし》などに一万七百八十四枚《まい》の揮毫《きごう》をしました。

　つまり、私は、本気《ほんき》なんです。だから、その言葉《ことば》が皆の胸《むね》に響《ひび》くんです。だから、心《こころ》を開き、私を信頼してくれるんです」（中略）

「また、私が創立《そうりつ》した創価学園《そうかがくえん》の生徒《せいと》について、『私の命《いのち》よりも大事《だいじ》である』と述《の》べました。私は、自分をなげうっていくつもりで、こう訴《うった》えたんです。ありのままの、偽《いつわ》らざる気持ちを、そのままぶつけていくんです」

（「**激闘**《げきとう》」の章、218〜220㌻）

## 「求道《きゅうどう》」の章　自転車《じてんしゃ》で求道の走行《そうこう》100キロ

**〈北海道《ほっかいどう》の別海《べっかい》に住む男子部員《だんしぶいん》の菅山勝司《すがやまかつじ》は、生活苦《せいかつく》のなか、信心に励《はげ》んでいた。1960年（昭和35年）9月、釧路《くしろ》で男子部の会合《かいごう》が行われるという葉書《はがき》が届《とど》いた〉**

会合が開かれる前日《ぜんじつ》、菅山は、牛《うし》の餌《えさ》になる牧草《ぼくそう》を刈《か》り取《と》りながら、迷《まよ》い続《つづ》けていた。

釧路までは列車《れっしゃ》で三時間ほどである。この時、彼《かれ》には、交通費《こうつうひ》はなかった。

〝来《こ》いと言ったって、どうやって行けばいいんだ……〟

空《そら》を見上《みあ》げては、ため息《いき》をついた。

作業着《さぎょうぎ》のポケットに入れた会合開催《かいさい》の葉書を、何度《なんど》も取り出しては読《よ》み返《かえ》した。

そのたびに、〝行くべきではないか……〟という思《おも》いが、強《つよ》くなっていった。

夕方《ゆうがた》、家《いえ》に戻《もど》ると、ゴロリと横《よこ》になった。釧路の先輩《せんぱい》たちの顔《かお》が、次々《つぎつぎ》と浮《う》かんだ。

〝待《ま》っているよ！〟〝信《しん》じているよ！〟〝立ち上がるんだ！〟――そう言っているように思えた。彼は、起《お》き上がった。

〝そうだ！　自転車《じてんしゃ》で行けばいいんだ！　環境《かんきょう》に負《ま》けていていいわけがない。皆《みな》と会い、山《やま》本先生《もとせんせい》のこともお聴《き》きしたい〟

そんな気持《きも》ちが、心《こころ》のなかで頭《あたま》をもたげた。

〝今から出れば、間《ま》に合《あ》うだろう……〟

自転車にまたがると、迷《まよ》いを振《ふ》り切《き》るように、思いっきりペダルを踏《ふ》んだ。舗装《ほそう》されていない道《みち》が続《つづ》く。木《き》の根《ね》っこにタイヤを取られないよう、ハンドルを強《つよ》く握《にぎ》り締《し》める。

辺《あた》りには、街灯《がいとう》も人家《じんか》の明《あ》かりもない。分厚《ぶあつ》い雲《くも》に覆《おお》われ、月《つき》も、星《ほし》も、見えなかった。

（中略）

彼は、〝俺《おれ》に期待《きたい》を寄《よ》せ、待ってくれている先輩がいるんだ。負けるものか！〟と自分《じぶん》に言

い聞かせた。（中略）
やがて夜が白々《しらじら》と明《あ》け始《はじ》めた。朝霧《あさぎり》のなかに、釧路《くしろ》の街《まち》が見えた。

〝もう少《すこ》しだ。みんなと会える！〟

彼《かれ》は安堵《あんど》した。すると、途端《とたん》に全身《ぜんしん》から力《ちから》が抜《ぬ》け、どっと疲労《ひろう》に襲《おそ》われた。自転車《じてんしゃ》を止《と》め、道端《みちばた》の草《くさ》むらに横《よこ》になり、背筋《せすじ》を伸《の》ばした。そのまま眠《ねむ》り込《こ》んでしまった。

太陽《たいよう》のまぶしさで目を覚《さ》ました。二、三時間、眠っていたようだ。疲《つか》れは取れていた。

再《ふた》び、勢《いきお》いよく自転車のペダルを踏《ふ》んだ。市《し》街《がい》に入《はい》ったのは、午前《ごぜん》八時ごろであった。

一晩《ひとばん》がかりの、百キロを大幅《おおはば》に上回《うわまわ》る走行《そうこう》であった。菅山《すがやま》の顔《かお》は、汗《あせ》と埃《ほこり》にまみれていたが、心《こころ》は軽《かろ》やかであった。自《みずか》らの弱《よわ》い心を制覇《せいは》した〝求道《きゅうどう》の王者《おうじゃ》〟の入城《にゅうじょう》であった。

男子部《だんしぶ》の会合《かいごう》では、全参加者《ぜんさんかしゃ》が、この〝別海《べっかい》の勇者《ゆうしゃ》〟を、大拍手《だいはくしゅ》と大歓声《だいかんせい》で讃《たた》えた。

彼らは、菅山の姿《すがた》に、男子部魂《だましい》を知った。


（「求道《きゅうどう》」の章、407～410ジペー）

# 第27巻

# 御書編

# 学会が仏法《ぶっぽう》の正義《せいぎ》守《まも》り抜《ぬ》く

**御文**

日興遺誡置文《ゆいかいおきぶみ》　御書1618ページ

時の貫首《かんず》為《た》りと雖《いえど》も仏法《ぶっぽう》に相違《そうい》して己義《こぎ》を構《かま》えば之《これ》を用《もち》う可《べ》からざる事

**通解**

たとえ、時の貫首《かんず》（一宗《いっしゅう》の法主《ほっす》）であっても、仏法《ぶっぽう》の正義に背《そむ》いて、勝手な自説を立てた場合には、これを用《もち》いてはならない。

## 小説の場面から

**〈1943年（昭和18年）6月末《すえ》、軍部政府《ぐんぶせいふ》の弾圧《だんあつ》を恐《おそ》れた宗門《しゅうもん》は、法主《ほっす》同席のもと、「学会《がっかい》も、一応《いちおう》、神札《かみふだ》を受けるようにしてはどうか」と迫《せま》る〉**

神札を受けることは、正法正義《しょうほうしょうぎ》の根本《こんぽん》に関《かか》わる大《だい》問題《もんだい》である。また、信教《しんきょう》の自由《じゆう》を放棄《ほうき》し、軍部政府の思想統制《しそうとうせい》に従《したが》うことでもある。牧口《まきぐち》は、決然《けつぜん》と答《こた》えた。

「承服《しょうふく》いたしかねます。神札は、絶対《ぜったい》に受けません」

（中略）

その場《ば》を辞《じ》した牧口は、激《げき》した感情《かんじょう》を抑《おさ》えながら、愛弟子《まなでし》の戸田《とだ》に言った。

「私が嘆《なげ》くのは、一宗《いっしゅう》が滅《ほろ》びることではない。一国《いっこく》が眼前《がんぜん》でみすみす亡《ほろ》び去《さ》ることだ。宗祖大聖人《しゅうそだいしょうにん》のお悲《かな》しみを、私はひたすら恐《おそ》れるのだ。今こそ、国家《こっか》諫暁《かんぎょう》の秋《とき》ではないか！」

弟子は答えた。

「先生《せんせい》、戸田は命《いのち》をかけて戦《たたか》います。何がどうなろうと、戸田は、どこまでも先生のお供《とも》をさせていただきます」

創価《そうか》の師弟《してい》とは、生死《しょうじ》をかけた広宣流布《こうせんるふ》への魂《たましい》の結合《けつごう》である。

それからほどなく、牧口と戸田は、「不敬罪《ふけいざい》」並《なら》びに「治安維持法違反《ちあんいじほういはん》」の容疑《ようぎ》で、逮捕《たいほ》、投獄《とうごく》されたのだ。

（中略）

会長《かいちょう》の牧口常三郎《つねさぶろう》らが逮捕されるや、周章狼狽《しゅうしょうろうばい》した宗門は、牧口一門《いちもん》の総本山《そうほんざん》への登山《とざん》を禁《きん》ずるなど、学会との関《かか》わりを断《た》とうとしたのだ。

日蓮《にちれん》大聖人の仏法《ぶっぽう》の清流《せいりゅう》は、正法正義を貫《つらぬ》いた牧口と戸田城聖《じょうせい》の、創価の師弟によって死守《ししゅ》されたのである。

（「正義」の章、122～124ページ）

# 青年《せいねん》は勇《いさ》んで民衆《みんしゅう》と同苦《どうく》を

御文

一切衆生《いっさいしゅじょう》の異《い》の苦《く》を受《う》くるは悉《ことごと》く是《こ》れ日蓮一人《いちにん》の苦なるべし

御義口伝《おんぎくでん》　御書758ジー

通解

一切衆生《いっさいしゅじょう》が受《う》けているさまざまな苦悩《くのう》は、ことごとく日蓮一人の苦である。

## 小説の場面から

**〈1978年（昭和53年）5月5日、山本伸一《やまもとしんいち》はマスコミ各社の記者《きしゃ》と懇談《こんだん》。青年時代《せいねんじだい》に、人々と同苦《どうく》していくことの大切さが論《ろん》じられていく〉**

ここには、全人類《ぜんじんるい》のさまざまな苦悩《くのう》をわが苦とされ、万人《ばんにん》に成仏《じょうぶつ》の道《みち》を開かれた御本仏《ごほんぶつ》の、大慈大悲《だいじだいひ》の御境涯《ごきょうがい》が述《の》べられている。その大聖人《だいしょうにん》の御心《おこころ》を、わが心として立つのが、われら末弟《まってい》の生き方である。

自分《じぶん》のことだけを悩《なや》み、汲々《きゅうきゅう》としているのではなく、周囲《しゅうい》の人たちと、あらゆる人びとと同苦し、苦悩を分《わ》かち合《あ》い、崩《くず》れざる幸福《こうふく》の道を示《しめ》すために、広宣流布《こうせんるふ》に生き抜《ぬ》くのだ。

あの友《とも》の悩みに耳《みみ》を傾《かたむ》け、懸命《けんめい》に励《はげ》ましの言葉《ことば》をかける。この人に、なんとしても幸《しあわ》せになってほしいと、必死《ひっし》に仏法《ぶっぽう》を語《かた》り、題目《だいもく》を送《おく》る——われらの健気《けなげ》なる日々《ひび》の実践《じっせん》こそが、大聖人に連《つら》なる直道《じきどう》であるのだ。

その時、自身《じしん》の偏狭《へんきょう》なエゴイズムの殻《から》は破《やぶ》られ、地涌《じゆ》の菩薩《ぼさつ》の、御本仏の大生命《だいせいめい》が胸中《きょうちゅう》に脈動《みゃくどう》し、境涯革命《かくめい》の歯車《はぐるま》が回転《かいてん》するのだ。

伸一は、（中略）記者たちに語っていった。

「苦労《くろう》せずしては、人の苦《くる》しみはわかりません。もしも、そんな指導者《しどうしゃ》が社会《しゃかい》を牛耳《ぎゅうじ》るようになれば、民衆《みんしゅう》が不幸《ふこう》です。だから私は、未来《みらい》を担《にな》う青年たちに、『苦労しなさい』と言い続《つづ》けています。人びとの苦悩がわかる人になってもらいたいんです。そのためには、自《みずか》ら困難《こんなん》を避《さ》けず、勇《いさ》んで苦労を引き受け、人一倍《ひといちばい》、悩むことです」

（「**激闘**《げきとう》」の章、226～227㌻）

## 「世界市民」育《はぐく》む創価教育《きょういく》

第27巻「若芽《わかめ》」の章には、山本《やまもと》伸一《しんいち》の児童《じどう》への励《はげ》ましの場面が、数多く描《えが》かれています。

その中で、「最《もっと》も苦《くる》しんでいる子どもの力《ちから》にならずして、教育《きょういく》の道《みち》はない。人間の道はない」とあります。池田SGI会長の利他主《りたしゅ》義《ぎ》、生命《せいめい》主義に裏打《うらう》ちされた「慈《じ》悲《ひ》の精神」が、伸一の姿《すがた》を通して記《しる》されています。これこそ、創価教育の根本《こんぽん》精神であると思います。

私はいつも学生に、〝相手《あいて》の気持《きも》ちを完全に理解することはできない。しかし、大切なことは、相手に寄《よ》り添《そ》い、理解しようとする真《しん》摯《し》な姿勢《しせい》である〟と教えています。

# 私の読後感　識者が語る

作新学院大学
渡邉　弘 学長

他者《たしゃ》との対話《たいわ》の前提《ぜんてい》には、相手も自分と同じ「人間」である、という視点《してん》に立つことが重要です。

私たちは誰《だれ》もが幸福を求め、自身の無限《むげん》の創造性《そうぞうせい》を開花《かいか》させる可《か》能性《のうせい》を秘《ひ》めています。そういった人間観に立つことで、相手の視点で考え、相手を思《おも》いやる心が育《はぐく》まれるのです。

コロナ禍《か》の今、教育現場は、子どもたちにとっても、教師《きょうし》にとっても、大変な状況《じょうきょう》にあります。ともすれば、どのような人間を育てるのかという目的《もくてき》を忘《わす》れてしまいがちです。だからこそ、教育の根本には、「正しい人間観」が必要なのです。

人間は、人間の中で錬磨《れんま》され、

成長します。小説でも「最大の教《きょう》育環境《いくかんきょう》は教師《きょうし》」と言われており、池田会長は、教師に大きな期待《きたい》を寄《よ》せています。初代・牧口常三《まきぐちつねさぶ》郎《ろう》、2代・戸田城聖《とだじょうせい》の両会長は教師でしたが、山本伸一《やまもとしんいち》は教師ではありません。

しかし、2人の思いを継《つ》ぎ、情熱を持って、初等教育をはじめ、創価一貫《いっかん》教育のために奔走《ほんそう》します。彼の温《あたた》かく、時に厳《きび》しい指導《しどう》の数々は、自身の分身である教師への、期待《きたい》と励《はげ》ましの表《あらわ》れなのではないでしょうか。

私たちは、世界的問題に目を向《む》け、世界市民を育てなければなりません。何よりも、自然災害やコロナ禍《か》といった、予期《よき》せぬ事態《じたい》に陥《おち》った時でも、自立《じりつ》して考え、行動できる人材が求められています。

牧口会長は、「平和への道筋《みちすじ》は、軍事的競争《ぐんじてききょうそう》、政治《せいじ》的競争、経済《けいざい》的競争を経《へ》て、人道《じんどう》的競争の時代にいたる」と予見《よけん》され、池田会長はそれを担《にな》う人材を育成することを、自身の願業《がんぎょう》だと言われています。教育、なかんずく創価教育の使命が、いやまして大きくなっています。

池田先生が東京創価小学校の第9回卒業式へ。香峯子夫人と共に、児童に温かなまなざしを注ぎ、言葉を交わす（1990年3月、東京・小平市で）

**わたなべ・ひろし**
教育学博士。宇都宮大学教育学部長・研究科長、作新学院大学人間文化学部長などを経て、2017年より作新学院大学学長・同大学女子短期大学部学長。1994年、国民学術協会賞を受賞。著書に『宮城まり子とねむの木学園』など。

ここにフォーカス

# 師《し》の志《こころざし》の継承《けいしょう》

第 27 巻の連載《れんさい》は、2013 年 10 月から開始されました。広宣流布大誓《こうせんるふだいせい》堂《どう》が完成したのは、同年 11 月のことです。

2013 年は、〝黄金の 3 年〟と意義《いぎ》付《づ》けられた、開幕の年に当たります。この年の夏、池田先生は「深く大きく境涯《きょうがい》を開き、目《め》の覚《さ》めるような自分自身と創価学会の発迹顕本《ほっしゃくけんぽん》を頼《たの》む」と指導しました。全国の同志《どうし》は、この指針《ししん》を深く心に刻《きざ》み、〝師弟誓願《していせいがん》の殿堂《でんどう》〟完成の瞬間《しゅんかん》を目指して、祈りを深め、広布にまい進してきました。その糧《かて》となったのが『新・人間革命』の連載でした。

世界平和の構築のため、人類の未来のため、50 年、100 年先まで展望《てんぼう》し、手を打っていく山本伸一《やまもとしんいち》。同巻に描《えが》かれる、その奮闘《ふんとう》と精神を学びながら、創価の前進は勢《いきお》いを増《ま》していったのです。

落慶記念勤行会《らっけいきねんごんぎょうかい》に先立つ 11 月 5 日、池田先生ご夫妻《ふさい》が出席しての入仏式が執《と》り行《おこな》われました。その日の連載には、「大事業は、一代《いちだい》で成《な》し遂《と》げられるものではない。弟子《でし》が、さらに、そのまた弟子が、先師《せんし》の志《こころざし》を受《う》け継《つ》ぎ、創業《そうぎょう》の思《おも》いで、全身全霊《ぜんしんぜんれい》を注《そそ》いでこそ、成就《じょうじゅ》されるものである」とつづられています。

ここに広宣流布を永遠たらしめる要諦《ようてい》があります。世代から世代へ、師の志を継承《けいしょう》していく──それは、一人《ひとり》一人の水の流れるような地道な実践《じっせん》の積《つ》み重《かさ》ねにあるのです。

第27巻

# 解説編

紙上講座

# 池田博正 主任副会長

動画で見る
セイキョウムービー（4分56秒）

ポイント

① **死身弘法《ししんぐほう》の大精神《だいせいしん》**
② **「次の新しい十年」へ**
③ **創立者と一体不二《ふに》**

「正義」の章が連載《れんさい》されたのは、２０１４年（平成26年）1月から3月にかけてでした。前年11月、「広宣流布大誓堂《だいせいどう》」が完成し、14年は「世界広布新時代開幕《かいまく》の年」と定められました。

世界広布新時代の開幕に当たり、大切なこととは何なのか。「正義」の章に、**「牧口《まきぐち》と戸田《とだ》の、この死《し》身弘法《しんぐほう》の大精神《だいせいしん》が、未来永劫《みらいえいごう》に脈動《みゃくどう》し続《つづ》けていってこそ、創価学会《そうかがっかい》の魂《たましい》は受《う》け継《つ》がれ、広宣流布《こうせんるふ》の清流《せいりゅう》が、大河《たいが》となって広《ひろ》がっていく」**（115ページ）とあります。

同章には、牧口先生、戸田先生、そして池田先生の、創価の三代を貫《つらぬ》く「死身弘法の大精神」が書きとどめられています。その精神を私たちが受け継ぎ、実践《じっせん》していくことこそ、学会が世界宗教として、さらに大きく飛翔《ひしょう》するために最も大切なことです。

１９２８年（昭和3年）、日蓮《にちれん》仏法に帰依《きえ》された初代会長・牧口先生は、既成《きせい》仏教化した宗門《しゅうもん》の信心の在《あ》り方《かた》ではなく、**「本来《ほんらい》の日蓮大聖人《だいしょうにん》の教《おし》えに立ち返り、その御精神のままに、真正《しんせい》の日蓮門下《もんか》の大道《だいどう》を歩《あゆ》もう」**（117ページ）とされます。

戦時中、宗門《しゅうもん》は軍部政府《ぐんぶせいふ》の弾圧《だんあつ》を恐《おそ》れ、神札《かみふだ》を受けました。これに対して、牧口《まきぐち》・戸田《とだ》両先生は決然と拒否《きょひ》。牧口先生は、獄中《ごくちゅう》で死身弘法《ししんぐほう》の生涯《しょうがい》を閉《と》じられました。

生きて牢獄《ろうごく》を出た第2代会長・戸田先生は、牧口先生の遺志《いし》を継《つ》ぎ、学会《がっかい》を再建しました。ところが、宗門《しゅうもん》には**「信徒《しんと》を下《した》に見て睥睨《へいげい》する、悪《あ》しき体《たい》質《しつ》が温存《おんぞん》されていた」**(126ページ)のです。戸田先生は宗門を守りつつ、そうした悪僧《あくそう》と徹底《てってい》して戦われました。

山本伸一《やまもとしんいち》も、恩師《おんし》と同じ心で、宗門に外護《げご》の赤誠《せきせい》を尽《つ》くします。僧俗和合《そうぞくわごう》のために、言うべきことも言います。その忠言《ちゅうげん》に反感を持つ僧も少なくありませんでした。依然《いぜん》として、**「檀《だん》信徒を僧の下に見る、強《つよ》い意識《いしき》」**(140ページ)があったのです。

そこにつけ込《こ》み、学会を陰《かげ》で操《あやつ》ろうと画策《かくさく》したのが、弁護士《べんごし》の山脇友政《やまわきともまさ》でした。76年(昭和51年)ごろから、山脇は宗門にデマを流し続け、それに踊《おど》らされた僧が、学会攻撃《こうげき》を繰《く》り返《かえ》すようになるのです。

伸一は、**「今こそ会員一人《かいいんひとり》ひとりの胸中《きょうちゅう》に、確固《かっこ》たる信心《しんじん》と、広布《こうふ》の使命《しめい》に生き抜《ぬ》く創価《そうか》の師弟《してい》の精神《せいしん》を打《う》ち立てねばならない」**(157ページ)と決め、一人たりとも脱落《だつらく》させまいと、全精魂《ぜんせいこん》を注《そそ》いで激励《げきれい》を続けます。

78年(同53年)の年頭から5月の間で、彼は東京を除《のぞ》く8方面を訪問《ほうもん》しています。6月、9方面目となる北海道指導《ほっかいどうしどう》では、16日間で道内を東西に横断し、約5000人と記念撮影《さつえい》。延《の》べ2万人以上の友と出会いを結びます。

本年(2021年)は、学会が宗門から「魂《たましい》の独《どく》立《りつ》」を果《は》たして30周年です。池田先生が「正義」の章に記された精神は、今の私たちに向けられたものであり、未来の世代が常に立ち返らなければならない「創価の原点」です。

## みちのくの絆《きずな》

78年(昭和53年)5月、宮城《みやぎ》の東北平和会館《とうほくへいわかいかん》(後の青葉平和会館）へ向かう車中、伸一《しんいち》は同行の友に東北《とうほく》への思いをこう語ります。**「東北の同志《どうし》の強《つよ》さは、チリ津《つ》波《なみ》や冷害《れいがい》など、試練《しれん》に遭遇《そうぐう》するたびに、困難《こんなん》をはね返し、ますます広宣流布《こうせんるふ》の勢《いきお》いを増《ま》してきたことにある」**（325ページ）

草創期《そうそうき》以来、伸一は、東北の友の勇姿《ゆうし》を見守り続けてきました。「求道《きゅうどう》」の章では、東北の同志が示した「信仰《しんこう》の最大の実証《じっしょう》」について、**「〝心《こころ》の財《たから》〟をもって、真実《しんじつ》の仏法《ぶっぽう》の力《ちから》を証明《しょうめい》してきたこと」**（348ページ）とあります。それは、東日本大震災《だいしんさい》から一歩ずつ復興《ふっこう》の歩《あゆ》みを重ねてきた同志の姿《すがた》にほかなりません。

今月（＝2021年3月）7日、東北広布70周年、東日本大震災から「福光《ふっこう》10年」の意義《いぎ》を込《こ》めた「東北家族『希望《きぼう》の絆《きずな》』総会」が、東北文化会館で開催《かいさい》されました。東北6県147会場を中継《ちゅうけい》で結び、約1万人の友が参加。みちのくの〝黄金《おうごん》の絆〟が世界に希望を送りました。

震災から10年を迎《むか》えた今月11日には、聖教新聞に「随筆《ずいひつ》『人間革命』光《ひかり》あれ」〈人間凱歌《がいか》の福光〉が掲載《けいさい》されました。

その中で、池田先生は、**「逆境《ぎゃっきょう》に強い東北人の底力《そこぢから》こそ、新時代を開く価値創造《かちそうぞう》の源泉《げんせん》」**であり、**「『生命の世紀』『人間革命の世紀』を建設《けんせつ》しゆく」**総仕上《そうしあ》げを担《にな》い立つのが、**「わが愛する東北家族」**と、東北への限りない期待を寄せられました。この万感《ばんかん》の励《はげ》ましを胸《むね》に、東北の同志は新たな前進を開始しました。

「求道」の章に、山本伸一が東北6県の代表幹部にこう訴《うった》える場面が描《えが》かれています。

**「次《つぎ》の新《あたら》しい十年をめざして、共《とも》に広宣流布《こうせんるふ》の峰《みね》を登攀《とうはん》していこうではありませんか。新しき歩《あゆ》みから、希望《きぼう》が生まれます」**（349ページ）

東北の友の〝福光〟の軌跡《きせき》は、学会創立《そうりつ》100周年の2030年へと向かうこれからの10年において、ますます輝《かがや》きを放《はな》っていくに違《ちが》いありません。

## 本領発揮《ほんりょうはっき》の時代

東京創価小学校《とうきょうそうかしょうがっこう》が開校したのは、１９７８年（昭和53年）４月です。「若芽《わかめ》」の章には、小学校の開校によって、**「いよいよ、〝創価教育《きょういく》〟建設《けんせつ》の第二期を迎《むか》えた」**（30ページ）と記されています。

伸一《しんいち》は創立者《そうりつしゃ》として、多忙《たぼう》な合間を縫《ぬ》って小学校を訪問《ほうもん》し、児童《じどう》・教職員《きょうしょくいん》に励《はげ》ましを送ります。

**「東京創価小学校をはじめ、創価一貫《いっかん》教育のすべての学校と自分《じぶん》とは、〝不二《ふに》〟であると思《おも》っていた。そして、児童の成長《せいちょう》、卒業生《そつぎょうせい》の社会《しゃかい》での活躍《かつやく》を、最高《さいこう》の生きがいとしていた」**（92ページ）との一文に、池田先生の思いが凝縮《ぎょうしゅく》しています。

東京創価小学校の第1期生の卒業式《そつぎょうしき》（82年3月）で、伸一は**「『平和《へいわ》』というものをいつも念頭《ねんとう》において、一生懸命《いっしょうけんめい》、力《ちから》をつけてもらいたい」**（102ページ）と訴《うった》えます。

それから39星霜《せいそう》を刻《きざ》んだ今月（２０２１年３月）16日、同校の第40期生の卒業式が行われました。創立者は、学園生に**「君たちと私の命は一体不二です。どこまでも一緒《いっしょ》です」**と、万感《ばんかん》のメッセージを寄せられました。創立者の自分と創価の学びやに集《つど》ってくれた友とは「一体不二」——この思いは、池田先生の一貫《いっかん》して変わらぬ心です。

２０２１年４月２日には、創価大学が開学50周年を迎《むか》えます。さらに、２０２１年５月３日には、アメリカ創価大学（ＳＵＡ）が開学20周年の佳節《かせつ》を刻《きざ》みます。

また先日、マレーシアに中高一貫校「創価インターナショナルスクール・マレーシア（ＳＩＳＭ）」が２０２３年を目指して開校することが発表されました。ＳＩＳＭの生徒が、創大やＳＵＡに進学する日も遠くありません。

いよいよ、**「創価教育の本領発揮《ほんりょうはっき》の時代《じだい》」**（51ページ）です。

# 名言集

## 教育《きょういく》

教育《きょういく》は、知識《ちしき》を与《あた》えることを目的《もくてき》とするのではなく、自分《じぶん》で考《かんが》え、自分で得《え》た知識を生かしていく方法《ほうほう》を会得《えとく》するためにあるのだ。

（「若芽《わかめ》」の章、34ページ）

## 知恩《ちおん》

恩《おん》を知ることによって人間《にんげん》の道《みち》を知り、恩を返すことから人間の生き方が始《はじ》まる。

（「若芽」の章、45ページ）

## 伝持《でんじ》の人

仏法伝持《ぶっぽうでんじ》の人とは、大聖人《だいしょうにん》の仰《おお》せのままに戦《たたか》い抜《ぬ》く「行動《こうどう》の人」である。広宣流布《こうせんるふ》の勝利《しょうり》の旗《はた》を打《う》ち立《た》てる「実証《じっしょう》の人」である。

（「正義」の章、108ページ）

## 退転《たいてん》の本質《ほんしつ》

退転《たいてん》の本質《ほんしつ》は、臆病《おくびょう》であり、保身《ほしん》にある。

（「正義」の章、198ページ）

## 信心《しんじん》の功労者《こうろうしゃ》

信心《しんじん》の功労者《こうろうしゃ》とは、過去《かこ》の人ではない。未来《みらい》に向かって、広宣流布のために、新《あら》たな挑戦《ちょうせん》をし続《つづ》ける人である。

（「激闘《げきとう》」の章、217ページ）

## 地道《じみち》

長《なが》い目で見た時、時代《じだい》の流《なが》れは、地道《じみち》さが求《もと》められる時代にならざるを得《え》ない。基礎《きそ》がしっかりと築《きず》かれていなければ、時代の変化《へんか》のなかで、はかなく崩《くず》れ去《さ》っていきます。人生《じんせい》も広宣流布《こうせんるふ》も持久戦《じきゅうせん》です。

（「求道《きゅうどう》」の章、387ページ）

「このＶサインを象徴として前進しましょう！」
――池田先生は東北海道の第１回総会に出席し、北海道の同志にエールを送った（1994 年８月 15 日、北海道研修道場で）

雲が描く勝利の「Ｖサイン」が北海道の大空に（1994 年８月、池田先生が機中で撮影）。第 27 巻では、1978 年の 16 日間に及ぶ北海道での激励行がつづられる

# 『新・人間革命』

## 第28巻

「聖教新聞」連載
（2014年11月18日付〜2015年10月3日付）

第28巻

# 基礎資料編

各章のあらすじ

物語の時期

1978年（昭和53年）6月28日～10月7日

# 「広《こう》宣《せん》譜《ふ》」の章

1978年（昭和53年）6月28日、山本伸一《やまもとしんいち》は、新学生部歌の作詞《さくし》を開始《かいし》。

この頃、宗門《しゅうもん》による理不尽《りふじん》な学《がっ》会攻撃《かいこうげき》が激化《げきか》していた。伸一は、仏子《ぶっし》を守り、希望と勇気を送るため学会歌の制作《せいさく》に取り組む。

新学生部歌「広布《こうふ》に走れ」は、30日の学生部結成記念幹部会で発表され、瞬《また》く間《ま》に日本中の友に愛《あい》唱《しょう》されていく。

7月には、新男子部歌「友よ起《た》て」や白蓮《びゃくれん》グループの「星は光《ひか》りて」、新壮年部歌「人生の旅」、東京・練馬区の北町地域の支部歌「北町広布」が次々に発表される。さらに7・17「大阪の日」を迎《むか》えるに当たって、苦楽《くらく》を共《とも》にしてきた関西の友に「常勝の空」を贈《おく》る。また千葉の歌「旭日遙《あさひはる》かに」の作詞も手掛《てが》ける。

伸一は、関西から中国方面の指導へ。

移動の車中《しゃちゅう》や懇談《こんだん》の合間《あいま》も作詞・推敲《すいこう》に取り組み、岡山では九州の歌「火《ひ》の国の歌」を。

また、鳥取・米子《よなご》文化会館では、蛍《ほたる》が舞《ま》い輝《かがや》く庭で、中国の「地涌《じゆ》の讃歌《さんか》」を完成させる。

再び岡山に戻《もど》った彼は、四国の「我等《われら》の天地」を作り上げ、新高等部歌「正義の走者《そうしゃ》」（後の未来部歌）の歌詞《かし》を仕上げる。

1978年（昭和53年）7月25日、四国研修道場での記念幹部会で山本伸一《やまもとしんいち》は、〝凡夫《ぼんぷ》こそ仏《ほとけ》〟という創価の人間主義の根幹《こんかん》を語り、〝人材《じんざい》の四国に〟と期待を寄《よ》せる。

26日は、2度目の小豆島訪問《しょうどしまほうもん》へ。豪雨《ごうう》災害を乗《の》り越《こ》えた友や草創《そうそう》の功労者《こうろうしゃ》を励《はげ》ます。のちに「小豆島の歌」を贈《おく》る。

27日、名古屋での「中部の日」記念幹部会では、中部に贈《おく》った「この道の歌」を皆《みな》で熱唱《ねっしょう》。伸一は、広布誓願《こうふせいがん》の大道《だいどう》を進むなかに、信心の醍醐味《だいごみ》と真の喜楽があることを語った。

翌日《よくじつ》、岐阜・東濃《とうのう》地域では、5回におよぶ記念勤行会を行い、渾身《こんしん》の激励《げきれい》を重ねる。

# 「大《だい》道《どう》」の章

8月2日、東京支部長《しぶちょう》会で、伸一が作った東京の歌「ああ感激《かんげき》の同志あり」が発表される。彼は終了《しゅうりょう》後《ご》、代表幹部と懇談《こんだん》し、〝東京は一つ！〟との自覚《じかく》を促《うなが》す。

さらに、東北の「青葉《あおば》の誓《ちか》い」、北陸の「ああ誓願の歌」、神奈川の「ああ陽《ひ》は昇《のぼ》る」を作る。

9日からの九州指導の激闘《げきとう》のなか、北海道の「ああ共戦の歌」（後の「三代城の歌」）を、22日からの長野指導では「信濃《しなの》の歌」を発表するなど、希望の歌、勇気の歌を作り続け、全国に広布に生き抜《ぬ》く共《きょう》鳴音《めいおん》を広げた。

1978年（昭和53年）9月11日、山本伸一《やまもとしんいち》は第4次訪中《ほうちゅう》へ。8月に「日中平和友好条約」が調印されており、〝日中新時代〟の流れを広げ、万代《ばんだい》の平和の礎《いしずえ》を築《きず》こうと心《こころ》に期《き》しての訪問《ほうもん》であった。

12日、訪中団一行は、周西人民《しゅうせいじんみん》公社《こうしゃ》、楊浦区少年宮《ようほくしょうねんきゅう》を訪《おとず》れる。

翌《よく》13日は図書贈呈《ぞうてい》のため復旦《ふくたん》大学へ。蘇歩青《そふせい》学長や学生たちと懇談《こんだん》する。

14日、蘇州《そしゅう》にある景勝地《けいしょうち》の「虎丘《こきゅう》」へ。

さらに16日、南京《ナンキン》の雨花台烈士陵園《うかだいれっしりょうえん》を訪《おとず》れ、殉難《じゅんなん》の記念碑《きねんひ》に献花《けんか》する。

17日の夜には、人民大会堂で一

# 「革心《かくしん》」の章

行の歓迎宴《かんげいえん》が行われる。伸一は、日中の平和友好条約に盛《も》られた、平和を守る精神を構築《こうちく》していく根本《こんぽん》は「信義《しんぎ》」であると訴《うった》える。この時、初めての出会いとなった故・周恩来《しゅうおんらい》総理夫人の鄧穎超《とうえいちょう》は、語らいの中で訪日《ほうにち》の意向《いこう》を述べる。

19日、李先念《りせんねん》党副主席と会見。

その夜、伸一主催《しゅさい》の答礼宴《とうれいえん》に、鄧穎超も出席。周総理も、鄧穎超も、共に生涯《しょうがい》、心の改革《かいかく》を忘《わす》れず、革命《かくめい》精神を貫《つらぬ》く、〝革心の人〟であった。伸一は、鄧穎超と日本での再会を約《やく》するとともに、日中友好の永遠なる金《きん》の橋を築き、周総理との信義に生き抜《ぬ》くことを強く心に誓《ちか》うのであった。

# 「勝利島《しょうりとう》」の章

１９７８年（昭和53年）10月7日、学会本部に全国約１２０の島から同志が集《つど》い、第1回離島《りとう》本部総会が行われる。伸一《しんいち》は、開会直前まで、沖縄支部長会の参加者や離島の代表などを、全力で励《はげ》ます。

北海道・天売島《てうりとう》や愛媛県・嘉《か》島《しま》、鹿児島県の吐噶喇《とから》列島や奄美《あまみ》群島、伊豆《いず》大島など、各島々の同志は、時に無認識《むにんしき》による非難中傷《ひなんちゅうしょう》を浴《あ》びながら、決然と広宣流布《こうせんるふ》の戦いを起こしてきた。

１９７４年（同49年）1月14日、離島本部の結成が発表されると、伸一も率先《そっせん》して石垣島《いしがきじま》や宮古島《みやこじま》などを駆《か》け巡《めぐ》る。また、離島本部の幹部に、激励《げきれい》の伝言を託《たく》すなど心を砕《くだ》いた。

78年（同53年）10月7日、遂《つい》に第1回離島本部総会が開催《かいさい》される。伸一は、各島で孤軍奮闘《こぐんふんとう》する、遠《えん》来《らい》の友を心からねぎらう。そして、各島々にあって、一人《ひとり》一人が「太陽の存在《そんざい》に」と訴《うった》える。

この総会をもって、離島の同志は歓喜《かんき》の出発を遂《と》げる。

広布誓願《せいがん》の決意を固めた同志にとって、わが島は、離《はな》れ島《じま》などではなく、久遠《くおん》の使命を果《は》たす天地であり、幸福島であり、「勝利島《しょうりとう》」となった。離島の新章節が幕《まく》を開いたのだ。

## 1978年 6 月 ～ 11月

# 山本伸一作詞の学会歌

東京の歌「ああ感激の同志あり」について語る（1978 年 8 月 2 日、荒川文化会館で）

中国の歌「地涌の讃歌」が発表された〝ヒマワリ本幹〟（1978 年 7 月 22 日、鳥取・米子文化会館で）

| 発表月 | 歌のタイトル | |
|---|---|---|
| 6 月 | 広布に走れ | 学生部歌 |
| 7 月 | 友よ起て | 男子部歌 |
| 7 月 | 星は光りて | 白蓮グループ歌 |
| 7 月 | 人生の旅 | 壮年部歌 |
| 7 月 | 北町広布 | 東京・練馬 支部歌 |
| 7 月 | 常勝の空 | 関西の歌 |
| 7 月 | 旭日遙かに | 千葉の歌 |
| 7 月 | 地涌の讃歌 | 中国の歌 |
| 7 月 | 火の国の歌 | 九州の歌 |
| 7 月 | 我等の天地 | 四国の歌 |
| 7 月 | この道の歌 | 中部の歌 |
| 8 月 | 正義の走者 | 未来部歌 |
| 8 月 | ああ感激の同志あり | 東京の歌 |
| 8 月 | 青葉の誓い | 東北の歌 |
| 8 月 | ああ陽は昇る | 神奈川の歌 |

| 発表月 | 歌のタイトル | |
|---|---|---|
| 8 月 | ああ誓願の歌 | 北陸の歌 |
| 8 月 | 信濃の歌 | 長野の歌 |
| 8 月 | 三代城の歌(ああ共戦の歌) | 北海道の歌 |
| 10 月 | 母の曲 | 婦人部歌 |
| 10 月 | 凱歌の人生 | 茨城の歌 |
| 10 月 | 広布の旗 | 埼玉の歌 |
| 10 月 | 地涌の旗 | 東京・世田谷の歌 |
| 10 月 | 雪山の道 | 新潟の歌 |
| 11 月 | 誓いの友 | 栃木の歌 |
| 11 月 | 永遠の青春 | 指導部（当時）の歌 |
| 11 月 | 文化と薫れ | 山梨の歌 |
| 11 月 | 歓喜の城光れ | 大阪・泉州の歌 |
| 11 月 | 広布の鐘 | 群馬の歌 |
| 11 月 | 静岡健児の歌 | 静岡の歌 |
| 秋 | 小豆島の歌 | 香川・小豆島の歌 |

※小説『新・人間革命』第 28・29 巻を参照。

※「地涌の旗」は 1978 年 10 月 30 日に聖教新聞紙上で掲載。同日夜と 11 月 1 日の会合で披露された。

# 勝利島《しょうりとう》部への激励

1974年（昭和49年）、離島《りとう》本部が結成。「勝利島《しょうりとう》」の章では、島に生きる同志の、広布推進《すいしん》のドラマが描《えが》かれている。山本伸一《やまもとしんいち》は離島の友に呼び掛ける。「信心強盛《しんじんごうじょう》な一人《ひとり》の学会員《がっかいいん》がいれば、島全体《ぜんたい》が希望《きぼう》に包《つつ》まれ、歓《かん》喜《き》に満《み》たされていきます。どうか皆《みな》さんは、一人ひとりが、その太陽の存《そん》在《ざい》になっていただきたい」（440㌻）。離島本部はその後、「離島部」と名称を変更し、2015年（平成27年）、「勝利島部」として新たな前進を開始した。

離島本部（当時）の第１回総会
（1978年10月7日、東京・信濃町の創価文化会館〈当時〉で）

# 1978年 9月 11日 ~ 20日　第 4 次訪中

答礼宴で周恩来総理の夫人・鄧穎超氏を迎える（1978 年 9 月 19 日、中国・北京で）

中国・蘇州の市民と和やかに歓談（1978 年 9 月 13 日）

# 第28巻

# 名場面編

## 「広宣譜《こうせんふ》」の章 我《われ》と我《わ》が友よ 広布《こうふ》に走《はし》れ

**〈1978年（昭和53年）6月、山本伸一《やまもとしんいち》は新学生部歌《がくせいぶか》「広布《こうふ》に走《はし》れ」を作詞作曲《さくし》。30日、東京・荒川文化会館《あらかわぶんかかいかん》で行われた、学生部結成21周年を記念する幹部会で発表された。登壇《とうだん》した伸一は、叫《さけ》ぶように訴《うった》えた〉**

伸一は、学生部員には、全員《ぜんいん》、人生《じんせい》の勝利者《しょうりしゃ》になってほしかった。（中略）

「諸君《しょくん》のなかには、さまざまな苦悩《くのう》を抱《かか》えて悶々《もんもん》としている人もいると思《おも》う。そして、いつか、苦悩など何もない、今とは全《まった》く異《こと》なる、きらびやかな人生が開けることを、欲《ほっ》している人もいるかもしれない。

しかし、人生は、永遠《えいえん》に苦悩との戦《たたか》いなんです。悩《なや》みは常《つね》にあります。要《よう》は、それに勝つか、負《ま》けるかなんです。何があっても負けない自分自身《じぶんじしん》になる以外《いがい》に、幸福はない。

どんなに激《はげ》しい苦難《くなん》が襲《おそ》い続《つづ》けたとしても、唱題《しょうだい》しながら突《つ》き進《すす》み、乗《の》り越《こ》えていく――そこに、真実《しんじつ》の人生の充実《じゅうじつ》と醍醐味《だいごみ》があり、幸福もあるんです。それが、本当《ほんとう》の信仰《しんこう》の力《ちから》なんです。その試練《しれん》に立ち向かう、堅固《けんご》な生命《せいめい》の骨格《こっかく》をつくり上げるのが、青年時代《せいねんじだい》の今です。学会《がっかい》の世界《せかい》にあって、進んで訓練《くんれん》を受け、自《みずか》らの生命を磨《みが》き鍛《きた》えていく以外にないんです。

二十一世紀《せいき》の大指導者《だいしどうしゃ》となる使命《しめい》を担《にな》った諸君は、苦悩する友人一人《ゆうじんひとり》ひとりと相対《あいたい》し、徹《てっ》して励《はげ》まし、仏法対話《ぶっぽうたいわ》し、友《とも》を触発《しょくはつ》する指導力、人間《にんげん》力《りょく》を、仏法への大確信《だいかくしん》を培《つちか》っていってください。

戸田先生《とだせんせい》は、青年《せいねん》たちに、常々《つねづね》、『次《つぎ》の学会《がっかい》を頼《たの》む』と、最大《さいだい》の期待《きたい》を込《こ》めて言われていた。私は、そのお言葉通《ことばどお》りに歩《あゆ》んできたつもりであります。同様《どうよう》に、今度《こんど》は、諸君の番《ばん》です。

私は、万感《ばんかん》の思《おも》いを込めて、『二十一世紀を頼む！』と申《もう》し上《あ》げておきたい」（中略）

ここで、合唱団《がっしょうだん》による「広布《こうふ》に走《はし》れ」の合唱となった。（中略）

〽広《ひろ》き曠野《こうや》に　我等《われら》は立てり
万里《ばんり》めざして　白馬《はくば》も堂々《どうどう》……

若人《わこうど》の情熱《じょうねつ》のスクラムが、大波《おおなみ》のように、右《みぎ》に左《ひだり》に揺《ゆ》れた。それは、滔々《とうとう》たる新時代《しんじだい》の潮流《ちょうりゅう》を思《おも》わせた。伸一《しんいち》は、皆《みな》の顔《かお》を眼《まなこ》に焼《や》きつけるように視線《しせん》を注《そそ》ぎ、身《み》を乗《の》り出《だ》して、盛《さか》んに手《て》拍子《ひょうし》を打《う》った。

学生《がくせい》たちは、誓《ちか》った。使命《しめい》の曠野に、敢然《かんぜん》と挑《いど》み立《た》つことを！　世紀《せいき》の勇者《ゆうしゃ》となって、新時代の舞台《ぶたい》に躍《おど》り出《で》ることを！　革新《かくしん》の英知《えいち》光《ひか》る、慈悲《じひ》と哲理《てつり》の学徒《がくと》となることを！　正義《せいぎ》の対話《たいわ》を展開《てんかい》し、恒久平和《こうきゅうへいわ》の人類史《じんるいし》を創造《そうぞう》しゆくことを！

新《あたら》しき歌《うた》は、新しき世代《せだい》を鼓舞《こぶ》し、新しき時代を開く力《ちから》となるのだ。

（「広宣譜《こうせんふ》」の章、29～32ページ）

# 「大道《だいどう》」の章　一《ひと》つ一つの出会《であ》いを全力《ぜんりょく》で

**〈1978年（昭和53年）7月、山本伸一《やまもとしんいち》は愛知から岐阜の東濃《とうのう》へ。宗門《しゅうもん》をはじめ、さまざまな問題に苦しみながら奮闘《ふんとう》している同志《どうし》を励《はげ》ますため、東濃文化会館《かいかん》で何回も勤行会《ごんぎょうかい》を行《おこな》った〉**

二回目の記念《きねん》勤行会を終《お》えた伸一は、会館の窓《まど》から外《そと》を見た。土岐川《ときがわ》の堤防《ていぼう》を会館に向かって、歩《ある》いて来る人《ひと》の列《れつ》が続《つづ》いていた。

彼《かれ》は、中部《ちゅうぶ》の幹部《かんぶ》に言った。

「三回目の勤行会を行《おこな》いましょう。私は、会館に来てくださった方《かた》、全員《ぜんいん》とお会いし、勤行をします。何度《なんど》でも行います」

そして、「聖教新聞《せいきょうしんぶん》」の同行記者《どうこうきしゃ》に伝《つた》えた。

「今日《きょう》、開催《かいさい》した勤行会の写真《しゃしん》を、すべて明日付《あすづけ》の紙面《しめん》に掲載《けいさい》できないだろうか。東濃の皆《みな》さんに喜《よろこ》んでいただきたいんです。工夫《くふう》してください」

それから彼は、御書《ごしょ》を開き、真剣《しんけん》に眼《まなこ》を注《そそ》いだ。次の勤行会で講義《こうぎ》をするためである。何事《なにごと》も、精魂《せいこん》を込《こ》めて、周到《しゅうとう》に準備《じゅんび》してこそ成功《せいこう》がある。

伸一の体調《たいちょう》は、中国方面《ちゅうごくほうめん》から四国《しこく》を経《へ》て中部に至《いた》っても、まだ万全《ばんぜん》ではなかった。しばしば発熱《はつねつ》があった。また、連日《れんじつ》の猛暑《もうしょ》が、彼の体力《たいりょく》を消耗《しょうもう》させていた。熱気《ねっき》に満《み》ちた会場《かいじょう》で、全生《ぜんせい》命力《めいりょく》を注ぎ込んで同志《とも》を励《はげ》まし、指導《しどう》すると、体中《からだじゅう》にびっしょりと汗《あせ》をかいた。そして、冷房《れいぼう》の効《き》いた場所《ばしょ》に来ると、汗で濡《ぬ》れたシャツが体の熱を奪《うば》い、体調を狂《くる》わせた。

しかし、伸一は、〝これが、皆《みな》さんとお会いできる、人生《じんせい》でただ一度の機会《きかい》かもしれない〟と思《おも》うと、一回《いっかい》一回の勤行会に、全力投球《ぜんりょくとうきゅう》せずにはいられなかった。（中略）

伸一は、〝今〟という時を逃《のが》すまいと、固《かた》く心《こころ》に決めていた。真剣勝負《しょうぶ》とは、一瞬《いっしゅん》に生命《いのち》を

燃焼《ねんしょう》し尽《つ》くすなかにあるのだ。（中略）

四回目の記念勤行会《きねんごんぎょうかい》は、午後《ごご》七時四十五分から始《はじ》まった。伸一《しんいち》は、ピアノを弾《ひ》いて参加者《さんかしゃ》を励《はげ》ましたあと、「妙一尼御前御返事《みょういちあまごぜんごへんじ》」を講義《こうぎ》した。（中略）

勤行会は、午後八時十五分に終了《しゅうりょう》した。外《そと》には、まだ入《はい》れなかった人たちが待機《たいき》していた。急《いそ》いで入《い》れ替《か》えが行《おこな》われた。

記念勤行会は、遂《つい》に五回目となった。既《すで》に時《と》計《けい》の針《はり》は、八時四十五分を指《さ》していた。（中略）

ここで伸一は、信心《しんじん》の究極《きゅうきょく》は、「無疑曰信《むぎわっしん》」にあることを語《かた》った。（中略）

「広宣流布《こうせんるふ》は魔《ま》との戦《たたか》いです。権威権力《けんいけんりょく》の迫害《はくがい》をはじめ、予期《よき》せぬことが起《お》こり、不信《ふしん》を煽《あお》りたてることもあるでしょう。

どうか、何があろうが、『信』の一字《じ》を、深《ふか》く、深く、胸《むね》に刻《きざ》んで、広宣流布の大道《だいどう》を歩《あゆ》み通《とお》し、断《だん》じて幸《しあわ》せになってください」（中略）

生命《せいめい》を振《ふ》り絞《しぼ》り、魂《たましい》をとどめての指導《しどう》であった。

（「大道《だいどう》」の章、173〜179ページ）

# 「革心《かくしん》」の章　真心《まごころ》の気遣《きづか》いに〝友好《ゆうこう》の魂《たましい》〟

**〈1978年（昭和53年）9月、山本伸一《やまもとしんいち》は第4次訪中《ほうちゅう》を果《は》たす。前月に「日中平和友好条約《にっちゅうへいわゆうこうじょうやく》」が締結《ていけつ》。伸一は、日中友好の永遠《えいえん》の流《なが》れを開こうと奔走《ほんそう》する〉**

訪中団一行《ほうちゅうだんいっこう》は、宿舎《しゅくしゃ》の錦江飯店《きんこうはんてん》で、中日《ちゅうにち》友好協会《きょうかい》の孫平化《そんへいか》秘書長《ひしょちょう》らと共《とも》に朝食《ちょうしょく》をとった。

山本伸一と妻《つま》の峯子《みねこ》は、孫平化と円卓《えんたく》を囲《かこ》んだ。孫の前には、焼《や》いたメザシ、冷《ひ》や奴《やっこ》、味噌《みそ》汁《しる》などが並《なら》んでいた。

円卓に着《つ》いた孫は、驚《おどろ》きの声《こえ》をあげた。

「おおっ、これは、メザシですね！　そして、冷や奴！　味噌汁ではないですか！」

峯子が、にこやかに微笑《ほほえ》みながら答《こた》えた。

「前回《ぜんかい》、中国《ちゅうごく》を訪問《ほうもん》させていただきました時に、孫先生《せんせい》は、日本に留学《りゅうがく》されていたお話《はなし》をされ、メザシや、お豆腐《とうふ》の味《あじ》が忘《わす》れられないと言われていたものですから……」

伸一が、峯子の話を受けて語《かた》り始《はじ》めた。

「最初《さいしょ》の中国訪問の時から、孫先生には、大《たい》変《へん》にお世話《せわ》になってきました。私たちの感謝《かんしゃ》と御礼《おんれい》の気持《きも》ちを、どうやって表《あらわ》せばよいか、妻と話《はな》し合《あ》いました。

そして、孫先生が、留学時代《じだい》の日本での食事《しょくじ》を、懐《なつ》かしがっておられたことを思《おも》い出《だ》したんです。『では、日本から、メザシや豆腐などを持参《じさん》して食事を作《つく》り、召《め》し上《あ》がっていただこう』ということになったんです。これは、妻が作りました」

「お口《くち》に合いますかどうか……」

伸一と峯子は、そもそも、食材《しょくざい》を持《も》ち込《こ》むことができるのか、豆腐を崩《くず》さずに、どう運《はこ》ぶかなど、真剣《しんけん》に語り合ったのである。

「どうぞ、冷《さ》めないうちに、お召し上がりください」

峯子に促《うなが》され、孫は箸《はし》を手にした。好々爺《こうこうや》そ

のものの顔《かお》で、メガネの奥《おく》の目を細《ほそ》め、嬉《うれ》しそうにメザシを口《くち》に運《はこ》んだ。

「懐《なつ》かしい味《あじ》です。おいしい！　山本先生《やまもとせんせい》と奥様《おくさま》の真心《まごころ》が染《し》み渡《わた》ります」

「孫《そん》先生に、そこまでお喜《よろこ》びいただき、本当《ほんとう》によかったです」

伸一《しんいち》が、こう言って相好《そうごう》を崩《くず》した。

それは、伸一と峯子《みねこ》の小《ちい》さな気遣《きづか》いであったが、そこには〝心《こころ》〟があった。この真心の触《ふ》れ合《あ》いこそ、〝友好《ゆうこう》の魂《たましい》〟といえよう。（中略）

彼は、後年《こうねん》、中日《ちゅうにち》友好協会《きょうかい》の会長《かいちょう》を務《つと》めるが、自身《じしん》の実感《じっかん》を、こう綴《つづ》っている。

「私がいつも思《おも》うのは、中日友好でも、日中《にっちゅう》友好でも一番重要《じゅうよう》なことは、人間《にんげん》と人間の関係《かんけい》だということだ。お互《たが》いに心と心で付《つ》き合《あ》う友《ゆう》情《じょう》が大事《だいじ》だと考《かんが》えている」

これが、新中国誕生《しんちゅうごくたんじょう》以来《いらい》、中国と日本の友好に人生《じんせい》を捧《ささ》げてきた人の信念《しんねん》の言《げん》である。心なき友好には、果実《かじつ》は実《みの》らない。

（「**革心**《かくしん》」の章、262～265ページ）

## 「勝利島《しょうりとう》」の章　島《しま》で奮闘《ふんとう》する大英雄《だいえいゆう》を讃嘆《さんたん》

**〈1974年（昭和49年）1月、離島本部《りとうほんぶ》の結成《けっせい》が発表《はっぴょう》され、鹿児島《かごしま》・九州総合研修所《きゅうしゅうそうごうけんしゅうじょ》（当時）で第1回の代表者会議《だいひょうしゃかいぎ》を開催《かいさい》。山本伸一《やまもとしんいち》はその前日、離島での活動《かつどう》について協議《きょうぎ》した〉**

この席《せき》で彼《かれ》（＝山本伸一）は言った。

「明後日《みょうごにち》、私は香港《ホンコン》に出発《しゅっぱつ》するので、その準《じゅん》備《び》のため、明日《あした》の離島の代表者会議には出席《しゅっせき》できません。しかし、出迎《でむか》え、見送《みおく》りをさせていただきます。

皆《みな》、村八分《むらはちぶ》などの迫害《はくがい》を受けながら、苦労《くろう》し抜《ぬ》いて、各島々の広宣流布《こうせんるふ》をされてきた、尊《とうと》い仏子《ぶっし》の皆さんだもの。

全員《ぜんいん》が、まぎれもなく、日蓮大聖人《にちれんだいしょうにん》の本眷属《ほんけんぞく》たる地涌《じゆ》の菩薩《ぼさつ》です。奇《く》しき縁《えにし》のもとに、それぞれの島に出現《しゅつげん》し、大聖人の命《めい》を受け、広宣流布の戦《たたか》いを起《お》こされた方々《かたがた》です」

仏法《ぶっぽう》の世界《せかい》で偉《えら》いのは誰《だれ》か——御書《ごしょ》に仰《おお》せの通《とお》り、迫害、弾圧《だんあつ》と戦いながら、懸命《けんめい》に弘教《ぐきょう》に励《はげ》み、人材《じんざい》を育《そだ》て、地域《ちいき》に信頼《しんらい》を広《ひろ》げながら、広宣流布の道《みち》を黙々《もくもく》と切り開いてきた人である。人びとの幸《しあわ》せのために汗《あせ》を流《なが》し、同苦《どうく》し、共《とも》に涙《なみだ》しながら、祈《いの》り、行動《こうどう》してきた人である。

（中略）

一月二十五日、霧島連山《きりしまれんざん》の中腹《ちゅうふく》にある九州総合研修所には、肌《はだ》を刺《さ》すような寒風《かんぷう》が吹《ふ》きつけていた。午前《ごぜん》十一時前、離島本部の第一回代表者会議に参加《さんか》するメンバーのバスが到着《とうちゃく》した。

バスを降《お》りると、そこに待《ま》っていたのは、伸一の笑顔《えがお》であった。

「ご苦労様です！　よくいらっしゃいました！　広布《こうふ》の大英雄《だいえいゆう》の皆さんを、心《こころ》から讃嘆《さんたん》し、お迎えいたします」

伸一は、手を差《さ》し出《だ》し、握手《あくしゅ》した。島の同志《どうし》たちも、強《つよ》く握《にぎ》り返《かえ》した。彼《かれ》らには、伸一の手

が限《かぎ》りなく温《あたた》かく感《かん》じられた。その目に、見る見る涙《なみだ》が滲《にじ》んでいった。

多くは語《かた》らずとも、皆《みな》、伸一《しんいち》の心《こころ》を、魂《たましい》の鼓《こ》動《どう》を感じた。勇気《ゆうき》が湧《わ》いた。（中略）

伸一は、代表者会議《だいひょうしゃかいぎ》を終《お》えて、帰途《きと》に就《つ》くメンバーの見送《みおく》りにも立った。

バスに乗《の》り込《こ》む一人《ひとり》ひとりの魂を揺《ゆ》さぶる思《おも》いで、声《こえ》をかけ、励《はげ》ましていった。

「島《しま》のことは、皆さんにお願《ねが》いするしかありません。皆さんが動《うご》いた分《ぶん》だけ、語り合った分だけ、広宣流布《こうせんるふ》の前進《ぜんしん》があります」

「皆さんのご健康《けんこう》を、ご活躍《かつやく》を、島の繁栄《はんえい》を、懸命《けんめい》に祈《いの》ります。朝《あさ》な夕《ゆう》な、題目《だいもく》を送《おく》り続《つづ》けます。私たちの心は、いつも一緒《いっしょ》です。じっと、皆さんを見守《みまも》っていきます」

「島の人びとは、すべて自分《じぶん》が守るのだという思いで、仲良《なかよ》く、常識豊《じょうしきゆた》かに、大きな心で進《すす》んでいってください。信頼《しんらい》の大樹《たいじゅ》となって、全《ぜん》島民《とうみん》を包《つつ》んでいただきたいんです」

（「**勝利島**《しょうりとう》」の章、406〜410㌻）

# 第28巻

# 御書編

# 鉄桶《てっとう》の団結《だんけつ》が広布前進《こうふぜんしん》の力《ちから》

御文

日蓮《にちれん》が弟子《でし》の中に異体異心《いたいいしん》の者之有《ものこれあ》れば例《れい》せば城者《じょうしゃ》として城《しろ》を破《やぶ》るが如《ごと》し

生死一大事血脈抄《しょうじいちだいじけつみゃくしょう》　御書1337ページ

通解

日蓮の弟子《でし》の中に異体異心《いたいいしん》の者《もの》があれば、それは例《たと》えば、城《しろ》の中にいる者が内部《ないぶ》から城を破《やぶ》るようなものである。

## 小説の場面から

**〈1978年（昭和53年）7月、山本伸一《やまもとしんいち》は岐阜《ぎふ》・東濃文化会館《とうのうぶんかかいかん》の記念勤行会《きねんごんぎょうかい》で、団結《だんけつ》の要諦《ようてい》について語《かた》った〉**

「私どもは、互《たが》いに同志《どうし》として尊敬《そんけい》し、仲良《なかよ》く、団結して進んでいくことが大事《だいじ》です。団結こそ、広宣《こうせん》流布《るふ》の力《ちから》であるからです。

経文《きょうもん》、御書《ごしょ》に照《て》らして、広宣流布の団体《だんたい》である創《そう》価学会《かがっかい》の前進《ぜんしん》を阻《はば》もうと、魔《ま》が競《きそ》い起《お》こることは間《ま》違《ちが》いありません。それは、外《そと》からの、権威《けんい》、権力《けんりょく》の弾圧《だんあつ》や迫害《はくがい》となって起こることもあれば、同志間《どうしかん》の怨嫉《おんしつ》などの問題《もんだい》となって、内側《うちがわ》から現《あらわ》れる場合《ばあい》もあります。

特《とく》に私たちが、用心《ようじん》しなければならないのは、内《ない》部《ぶ》から蝕《むしば》まれていくケースです。会員同士《かいいんどうし》が怨嫉し、互《たが》いに恨《うら》んだり、悪口《わるくち》を言《い》い合《あ》ったりするようになってしまえば、信心《しんじん》に励《はげ》んでいても歓喜《かんき》はありません。功徳《くどく》、福運《ふくうん》も消《け》していきます。

ましてや幹部《かんぶ》が反目《はんもく》し合って、団結できず、陰《かげ》で足《あし》を引《ひ》っ張《ぱ》り合ったりすれば、仏意仏勅《ぶついぶっちょく》の組織《そしき》は攪《かく》乱《らん》され、引き裂《さ》かれ、広宣流布が破壊《はかい》されていく。その罪《つみ》は大きい。皆《みな》さんが仲良く団結しているということは、皆さんが境涯革命《きょうがいかくめい》、人間革命《にんげんかくめい》をしている証明《しょうめい》なんです」（中略）

また、外敵《がいてき》は、団結できないところを狙《ねら》って付《つ》け入《い》り、師弟《してい》や同志を離間《りかん》させ、反目させようとする。したがって、どこまでも鉄桶《てっとう》の団結をもって、魔《ま》に付け入る隙《すき》を与《あた》えないことが、同志を守《まも》り、広宣流布を大きく前進《ぜんしん》させる力《ちから》となるのだ。

（「大道《だいどう》」の章、171～172ページ）

# 慢《まん》心《しん》排《はい》して信心の勝《しょう》利《り》者《しゃ》に

**御文**

持妙法華問答抄《じみょうほっけもんどうしょう》　御書463ページ

只《ただ》須《すべから》く汝《なんじ》仏《ほとけ》にならんと思はば慢《まん》のはたほこ《幢》をたをし《倒》忿《いか》りの杖《つえ》をすてて偏《ひとえ》に一《いち》乗《じょう》に帰《き》すべし、名《みょう》聞《もん》名《みょう》利《り》は今《こん》生《じょう》のかざり我《が》慢《まん》偏《へん》執《しゅう》は後《ご》生《しょう》のほだし《紲》なり

**通解**

ただあなたが仏《ほとけ》になろうと思うならば、慢《まん》心《しん》のはたほこを倒《たお》し、いかりの杖《つえ》を捨《す》てて、ひとえに一《いち》乗《じょう》の法《ほ》華《け》経《きょう》に帰《き》依《え》しなさい。名《みょう》聞《もん》名《みょう》利《り》は今《こん》生《じょう》の飾《かざ》りであり、我《が》慢《まん》や偏《へん》執《しゅう》は後《ご》生《しょう》の足《あし》かせである。

## 小説の場面から

**〈1958年（昭和33年）8月、山本伸一《やまもとしんいち》は鹿児島《かごしま》を訪問《ほうもん》。信心《しんじん》に励《はげ》み、経済苦《けいざいく》を克服《こくふく》した壮年と懇談《こんだん》する。伸一は彼の慢心《まんしん》を見抜《みぬ》き、厳《きび》しく指導《しどう》した〉**

「弘教《ぐきょう》に励《はげ》み、事業《じぎょう》がうまくいった――それは、ひとえに御本尊《ごほんぞん》の功徳《くどく》であり、信心の力《ちから》です。しかし、もしも、慢心を起こし、信心が蝕《むしば》まれてゆくならば、またすべてが行き詰《づ》まってしまう。したがって、自身《じしん》の心《こころ》に巣《す》くう傲慢《ごうまん》さを倒《たお》すことです。

題目《だいもく》を唱《とな》え、折伏《しゃくぶく》をすれば、当然《とうぜん》、功徳を受け、経済苦も乗《の》り越《こ》えられます。しかし、一生成仏《いっしょうじょうぶつ》という、絶対的幸福境涯《ぜったいてきこうふくきょうがい》を確立《かくりつ》するには、弛《たゆ》まずに、信心を貫《つらぬ》き通《とお》していかなくてはならない。信心の要諦《ようてい》は持続《じぞく》です。

ところが、傲慢さが頭《あたま》をもたげると、信心が破《やぶ》られてしまう。（中略）

（＝日蓮大聖人《にちれんだいしょうにん》は）成仏したいと思うなら、ひたすら慢心の幢鉾《はたほこ》を倒《たお》し、瞋《いか》りの杖《つえ》を捨《す》てて、一仏乗《いちぶつじょう》である南無妙法蓮華経を信《しん》じていくべきであると言われている。そして、名聞名利《みょうもんみょうり》は、今生《こんじょう》の飾《かざ》りに過《す》ぎず、我《が》を張《は》り、偏見《へんけん》に執着《しゅうちゃく》する心は、後生《ごしょう》の成仏の足《あし》かせになってしまうと、指摘《してき》されているんです。

私は、たくさんの人を見てきましたが、退転《たいてん》していった人の多くが傲慢でした。慢心があれば、自己中心《じこちゅうしん》になり、皆《みな》と団結《だんけつ》していくことができず、結局《けっきょく》は広宣流布《こうせんるふ》の組織《そしき》を破壊《はかい》する働《はたら》きとなる。あなたには、信心の勝利者《しょうりしゃ》になってほしいので、あえて言っておきます」

（「**勝利島**《しょうりとう》」の章、390〜391㌻）

# 私の読後感
# 識者が語る

文化放送
齋藤　清人　代表取締役社長

## 心をつないだ伸一の言葉

小説『新・人間革命』の朗読《ろうどく》番組が2021年3月26日の放送で、ついに完結を迎《むか》えました。長い間、好評《こうひょう》の声を頂《いただ》き、感謝に堪《た》えません。声優《せいゆう》の小野田英一さん、沢田敏子さんをはじめ、スタッフ一同、100点ではなく120点の番組を目指し、決《けっ》して自分に妥協《だきょう》せず、創意工夫《そういくふう》を重ねてきました。つまり、それぞれが本当の意味で〝プロの仕事〟をしてきた結果だと思います。

私も通算《つうさん》で2年間、ディレクターとして番組制作に関われたことが誇《ほこ》りです。小説の世界を、ラジオ放送で完璧《かんぺき》に表現しようと挑戦《ちょうせん》する中で、大きく成長させてもらいました。

ラジオ局にとって「言葉は命」です。私は、山本伸一《やまもとしんいち》の言葉の力《ちから》に圧倒《あっとう》されてきました。一言一言が強く胸に響《ひび》きます。それは、指《し》導者《どうしゃ》としての信念や責任感など、〝鋼《はがね》のような強さ〟の発露《はつろ》であるとともに、その根底《こんてい》には、苦悩《くのう》する人、社会的弱者《じゃくしゃ》、日《ひ》の当たらない人への「思いやり」「優《やさ》しさ」「愛情」といった〝柔《やわ》らかい心〟が満《み》ちあふれていると思います。

たとえば、伸一は、聖教新聞というと、真《ま》っ先《さき》に配達員の方々の苦労を思い、ねぎらいの言葉を掛《か》ける。会合に出席すれば、陰《かげ》で黙々《もくもく》と清掃《せいそう》などの任務に励《はげ》む役員を気遣《きづか》い、激励《げきれい》する。ともすれば、当たり前と思い、見過《みす》ごしてしまうことに視線《しせん》を注《そそ》ぎ、配慮《はいりょ》を怠《おこた》らない。その繊細《せんさい》で深い愛情がほとばしっているからこそ、伸一の言葉は心に染《し》み渡《わた》り、力《ちから》を持つのではないでしょうか。

『新・人間革命』の放送期間中、震災《しんさい》や新型コロナの流行《りゅうこう》があり、誰《だれ》も望んでいないのに、人と人との〝分断《ぶんだん》〟が生まれていきました。その中にあって、この番組は、日常に寄《よ》り添《そ》うラジオの特性を最大に生かして、苦闘《くとう》に立ち向かう人間ドラマや、人の絆《きずな》、利他《りた》の生き方、地域貢献《こうけん》の大切さなどをメッセージとして伝えてきました。分断された人々の心と心をつなぎ留《と》め、〝かすがい〟としての役割《やくわり》を果《は》たしてきたと強く感じています。

『新・人間革命』の放送は終わりました。しかし、この小説の果たす役割《やくわり》は、決《けっ》して終わりません。社会はますます、その理念を求め続けていくでしょうし、人と人の分断が続く限り、その役割も未来《みらい》永劫《えいごう》に続くのではないでしょうか。

ラジオ朗読「新・人間革命」の収録風景。番組は2003年4月に放送開始。放送回数は3643回を数えた（2010年、東京・港区の文化放送で）

**さいとう・きよと**

1964年、東京都生まれ。早稲田大学文学部卒業後、87年、文化放送に入社。2008年11月から09年12月、13年8月から14年7月まで、朗読番組「聖教新聞ラジオライブラリー『新・人間革命』」のディレクターを務める。セントラルミュージック代表取締役社長を経て、20年12月、文化放送代表取締役社長に就任。

ここにフォーカス

# 「走《はし》れメロス」と正義《せいぎ》の生《い》き方《かた》

山本伸一作詞《さくし》の未来部歌「正義《せいぎ》の走者《そうしゃ》」は、1978年（昭和53年）に誕生《たんじょう》しました。制作過程は「広宣譜《こうせんふ》」の章に詳述《しょうじゅつ》されています。作詞の際、参考とされたのが、太宰治《だざいおさむ》の名著《めいちょ》『走《はし》れメロス』でした。人間不信《ふしん》の王に捕縛《ほばく》された主人公メロスが、身代《みが》わりに預《あず》けられた親友のもとに、障害《しょうがい》を乗《の》り越《こ》えて戻《もど》ってくるまでを描《えが》いた物語です。「信実《しんじつ》」が「猜疑《さいぎ》」に勝《まさ》ることを訴《うった》えています。

池田先生は同著を題材に、青年部にエールを送ってきました。66年（同41年）7月の華陽会《かようかい》研修会では朗読《ろうどく》を聞かせます。71年（同46年）10月には詩「メロスの真実」を高等部の友に贈《おく》り、信義を貫《つらぬ》く〝正義の生き方〟を伝えます。

先生の若き日の日記には、こうつづられています——「妙法《みょうほう》の青年革命《かくめい》児《じ》よ、白馬《はくば》に乗って、真《ま》っしぐらに、進みゆけ。山を越《こ》え、川を越え、谷を越えて。〝走れメロス〟の如《ごと》くに。厳然《げんぜん》と、師《し》は見守《みまも》っているぞ」。時は56年（同31年）3月、「大阪の戦《たたか》い」の真《ま》っただ中でした。28歳の先生は、メロスのごとく一切の困難《こんなん》をはねのけ、劇的《げきてき》な戦いの指《し》揮《き》で、創価の正義を満天下《まんてんか》に示しました。

先生は、「正義の道《みち》は、自身《じしん》の心《こころ》との戦いの道である」（「広宣譜」の章）と強調しています。「正義の道」の途上《とじょう》には、幾《いく》つもの「壁《かべ》」が立ちはだかっています。それを乗《の》り越える勇気が、人生を豊かに、美しくするのです。

# 第28巻

# 解説編

紙上講座

# 池田博正　主任副会長

**ポイント**

**① 学会歌誕生《たんじょう》の背景《はいけい》**
**② “感激《かんげき》のドラマ”を**
**③ 勝利島部《しょうりとうぶ》の挑戦**

「広宣譜《こうせんふ》」「大道《だいどう》」の章では、1978年（昭和53年）、山本伸一《やまもとしんいち》が激務《げきむ》の中、「広布《こうふ》に走《はし》れ」や「信濃《しなの》の歌」など、19曲の学会歌《がっかいか》を作成する模様《もよう》がつづられています。

作詞《さくし》に取り組んだ背景《はいけい》には、学会員に対し、宗門《しゅうもん》からの理不尽《りふじん》な攻撃《こうげき》が続いていたことがありました。伸一は、**「多くの学会員が苦《くる》しめられている。だから、みんなを励《はげ》ましたいんだ。こういう時こそ、新《あたら》しい広宣流布《こうせんるふ》のうねりを起《お》こすんだ。どんどん歌《うた》を作るよ」**（14ページ）と語ります。

同年6月30日、聖教新聞に「教学上《きょうがくじょう》の基本問題《きほんもんだい》について」との記事が掲載《けいさい》されます。これは、学会の仏教用語の使い方などについて、宗門が異議《いぎ》を唱《とな》えてきたことに対し、回答をまとめたものでした。学会は、**「会員を守《まも》ることこそ、第一義《だいいちぎ》」**（21ページ）と考え、宗門との和合《わごう》を願って真摯《しんし》に対応しました。

この日、学生部の幹部会で「広布に走れ」が発表され、**「師弟《してい》の応援歌《おうえんか》」**（11ページ）のハーモニーが響《ひび》きます。

千葉県《ちばけん》では、宗門の僧《そう》による学会攻撃が執拗《しつよう》を極《きわ》めていました。同志の苦闘《くとう》を聞いた伸一は、**「千葉の**

**動画で見る**
セイキョウムービー（4分53秒）

**同志《どうし》の堂々《どうどう》たる旭日《きょくじつ》のような心意気《こころいき》を讃《たた》えるためにも、県歌《けんか》が必要《ひつよう》である」**（70ページ）と、「千葉《ちば》の歌《うた》」（現・旭日遙《あさひはる》かに）を作成します。

九州《きゅうしゅう》の同志も、宗門側《しゅうもんがわ》の学会誹謗《がっかいひぼう》に怒《いか》りをこらえていました。伸一は**「一緒《いっしょ》に創価《そうか》の『正義《せいぎ》の歴史《れきし》』をつくっていこう！」**（82ページ）と、「火《ひ》の国の歌」を九州の同志に贈《おく》ります。

さらに、秋田《あきた》や山形《やまがた》でも、学会に対する中傷《ちゅうしょう》の嵐《あらし》が吹《ふ》き荒《あ》れていました。東北《とうほく》には「青葉《あおば》の誓《ちか》い」を贈り、悪侶《あくりょ》による広布破壊《こうふはかい》の暴挙《ぼうきょ》と戦う北海道《ほっかいどう》には、「ああ共戦《きょうせん》の歌」（現・三代城《さんだいじょう》の歌）を作りました。

伸一《しんいち》は学会歌作成に全精魂《ぜんせいこん》を注《そそ》ぎながら、全国の同志を直接励《はげ》まします。岐阜《ぎふ》・東濃《とうのう》での5回の勤行《ごんぎょう》会《かい》をはじめ、鳥取《とっとり》・米子《よなご》、長野《ながの》・松本《まつもと》などで勤行会を開催《かいさい》し、激励《げきれい》を送ります。

1978年（昭和53年）7月、鳥取・米子文化会館を訪問《ほうもん》した伸一は、構内を視察《しさつ》し、楠《くすのき》に名前《なまえ》を付《つ》けていきます。「右近《うこん》楠」「左近《さこん》楠」「牧口《まきぐち》楠」「戸田《とだ》楠」と次々に命名し、最後の一本の前で、予期せぬ言葉を語ります。

**「これは、『無名《むめい》楠』とします。無名無冠《むかん》の王者《おうじゃ》という意味《いみ》ですが、次《つぎ》の会長《かいちょう》が来た時に、名前をつけてもらうためでもあります」**（85ページ）

伸一は未来を展望《てんぼう》し、人材の流れが滔々《とうとう》と広がったならば、世界広布に全力《ぜんりょく》を注ぎたいと考えていました。そのために、一瞬《いっしゅん》一瞬を真剣《しんけん》勝負で臨《のぞ》み、学会歌を通して、各地に〝師弟《してい》の魂《たましい》〟をとどめていったのです。

「広宣譜《こうせんふ》」の章に、**「歌に価値《かち》をもたらしていくのは、皆《みな》さんの決意《けつい》と実践《じっせん》」**（46ページ）と記されています。学会歌に込《こ》められた師弟《してい》の魂《たましい》を具現化《ぐげんか》していくのは、弟子《でし》一人《ひとり》一人の行動にほかなりません。

## 東京は一つ

同年7月、伸一は四国《しこく》を訪問《ほうもん》します。行事の合間を縫《ぬ》うようにして、本陣《ほんじん》・東京《とうきょう》に贈《おく》る歌の作詞《さくし》に取《と》り掛《か》かります。

東京がさらなる飛躍《ひやく》を期《き》すため、必要なこととは何か——思索《しさく》を重ねる中で、彼の脳裏《のうり》に浮《う》かんだのが、「感激《かんげき》」という言葉でした。

**「仏法《ぶっぽう》の眼《まなこ》を開けば、すべては感激に満《み》ちている。自分《じぶん》が地涌《じゆ》の菩薩《ぼさつ》として、広宣流布《こうせんるふ》の大使命《だいしめい》をもって、この時に、広布《こうふ》の本陣たる大東京に出現《しゅつげん》したこと」「一つ一つが不思議《ふしぎ》な、大感動《だいかんどう》の事実《じじつ》であり、感激以外《いがい》の何ものでもない」**（１２９ページ）

伸一《しんいち》は東京に寄《よ》せる思い、本陣の使命を歌詞《かし》に紡《つむ》いでいきました。そして8月2日、東京支部長《しぶちょう》会で、「ああ感激の同志《どうし》あり」を発表します。

席上《せきじょう》、伸一はこう語ります。

**「『感激』は、受け身《うみ》になり、義務的《ぎむてき》に信心《しんじん》に取《と》り組《く》んでいたのでは生まれません。率先《そっせん》して行動《こうどう》を起《お》こし、真剣勝負《しんけんしょうぶ》でぶつかっていく、その実践《じっせん》のなかにあるんです」**（187ページ）

さらに会合の後、東京の代表幹部《だいひょうかんぶ》に訴《うった》えます。

**「〝東京は一つである〟との自覚《じかく》で、何かあれば、飛《と》んで行《い》って守《まも》り、協力《きょうりょく》、応援《おうえん》し合《あ》っていくことが重《じゅう》要《よう》です」**（192ページ）、**「〝大東京〟の前進《ぜんしん》は、わが町《まち》、わが地域《ちいき》という〝小東京〟の勝利《しょうり》のうえにある。私と一緒《いっしょ》に、不敗《ふはい》の東京をつくろう！」**（193ページ）

今月（２０２１年４月）18日、5・3「創価学会の日」を慶祝《けいしゅく》する本部幹部会・婦人部《ふじんぶ》希望総会が、東京戸田記念講堂で晴れやかに開催《かいさい》されました。

**「感激の同志と、異体同心《いたいどうしん》、師弟不二《していふに》の凱歌《がいか》を断固《だんこ》と誓《ちか》い合って、私のメッセージといたします」**——池田先生は、全国の同志に対し、〝感激の同志〟と呼《よ》び掛《か》けられました。

〝感激のドラマ〟の主役は、「他の誰《だれ》か」ではありません。「私」です。「感激」は、主体的《しゅたいてき》な行動によって心に漲《みなぎ》っていくものです。率先《そっせん》の実践で、〝感《かん》激《げき》の輪《わ》〃を幾重《いくえ》にも広げていきましょう。

## 日常の振《ふ》る舞《ま》い

東京《とうきょう》・大田《おおた》総区の伊豆諸島栄光圏《いずしょとう》は、創価大田大島本部、八丈島《はちじょうじま》創価本部の二つの本部からなり、伊豆諸島や小笠原《おがさわら》諸島の計11島のメンバーが所属《しょぞく》しています。

今月（2021年4月）、婦人部《ふじんぶ》が本部ごとに、オンラインの御書《ごしょ》学習会を開催《かいさい》しました。同圏には、空港がない島や、沖縄《おきなわ》とほぼ同じ緯度《いど》に位置する父《ちち》島《じま》、母島《ははじま》などがあります。島同士の交流、特に婦人部の方々《かたがた》が、海を越《こ》えて励《はげ》まし合《あ》うことは容易《ようい》ではありません。

今回、初《はじ》めてオンラインでつながることができ、大きな喜《よろこ》びが広がっています。コロナ禍《か》の中、新たなことに挑戦《ちょうせん》し、心の絆《きずな》を結《むす》び合《あ》ったのです。

勝利島部《しょうりとうぶ》（発足時は離島本部）の歴史は、広布《こうふ》を阻《はば》む制約《せいやく》を勝《か》ち越《こ》えてきた歴史でもあります。その壮絶《そうぜつ》なドラマが「勝利島」の章に克明《こくめい》に描《えが》かれています。

学会への偏見《へんけん》が渦巻《うずま》く中にあって、島で活動に励む同志《どうし》は、粘《ねば》り強《づよ》く信頼《しんらい》を勝ち取っていきました。その根幹《こんかん》は、どこまでも師弟《してい》でした。**「『師弟の誓《ちか》い』に生き、『使命《しめい》』を自覚《じかく》した同志が、『広布《こうふ》の大《だい》道《どう》』を切り開いてきた」**（416㌻）のです。

伸一《しんいち》は勝利島部の友に、**「賢明《けんめい》な日常《にちじょう》の振《ふ》る舞《ま》い」**（440㌻）の大切さを訴《うった》えます。そして、**「誰人《たれびと》に対《たい》しても、仲良《なかよ》く協調《きょうちょう》し、義理《ぎり》を重《おも》んじ、大きく包容《ほうよう》しながら、人間性豊《にんげんせいゆた》かに進《すす》んでいかれるよう、願《ねが》ってやみません」**（同）と語ります。これは、地域《ちいき》広布の要諦《ようてい》でもあります。

未曽有《みぞう》の試練《しれん》に直面《ちょくめん》する今こそ、この指針《ししん》を胸《むね》に、地域に希望の光を届《とど》ける時です。

# 名言集

## 仏法《ぶっぽう》の展開《てんかい》

仏法《ぶっぽう》の展開《てんかい》のためには、時代《じだい》に対応《たいおう》しながら、さまざまな現代《げんだい》の哲学《てつがく》、科学《かがく》の成果《せいか》を踏《ふ》まえ、わかりやすく論《ろん》じていくことが不可欠《ふかけつ》だ。

（「広宣譜《こうせんふ》」の章、20ページ）

## 広布《こうふ》の本陣《ほんじん》

首都《しゅと》・東京《とうきょう》は、学会本部《がっかいほんぶ》を擁《よう》する本陣《ほんじん》である。広《こう》宣流布《せんるふ》の決定打《けっていだ》を放《はな》つのも、学会の未来《みらい》を決《けっ》するのも東京である。

（「大道《だいどう》」の章、127ページ）

## 唱題第一《しょうだいだいいち》の人

〝唱題第一《しょうだいだいいち》の人〟は――揺《ゆ》るがない。臆《おく》さない。退《しりぞ》かない。敗《やぶ》れない。胸中《きょうちゅう》に、不屈《ふくつ》の闘魂《とうこん》と歓喜《かんき》の火が、赤々《あかあか》と燃《も》えているからだ。

（「大道」の章、170ページ）

## 変化《へんか》への対応能力《たいおうのうりょく》

時とともに生活様式《せいかつようしき》など、さまざまな事柄《ことがら》が、大きく変わっていく。変化《へんか》、変化のなかで人は生きていかざるを得《え》ない。ゆえに、自身《じしん》の観念《かんねん》や、これまでの経験《けいけん》にばかり固執《こしゅう》するのではなく、変化への対《たい》応能力《おうのうりょく》を磨《みが》いていくことが、よりよく生きるための不可欠《ふかけつ》な要件《ようけん》となる。

（「革心《かくしん》」の章、267ページ）

## 信心《しんじん》の深化《しんか》

信心《しんじん》の深化《しんか》は、人間性《にんげんせい》となって結実《けつじつ》し、豊《ゆた》かな思《おも》いやりにあふれた、具体的《ぐたいてき》な言動《げんどう》となって表《あらわ》れます。

（「勝利島《しょうりとう》」の章、348ページ）

東京の歌
ああ感激の同志あり
作詞　山本伸一
作曲　半杭克己
のお東天に　祈りあり
元初の生命の　曙は
の桜の　匂うごと
び勝たなん　力あり
の中天に　燦々と
我等を　護らんと
や戦士に　栄あれ
勝利は　確かなり
をあびて　尊くも
友等は　走りゆく
法戦　満々と
激の　同志あり

1978年8月2日、東京支部長会に出席した池田先生は、東京の歌「ああ感激の同志あり」に託した思いを語った（東京・荒川文化会館で）

「ああ感激の同志あり」の視聴はコチラから⇩

瑠璃（るり）色の海に浮かぶ東京・伊豆大島（1994年2月、池田先生が機中で撮影）。「皆さんは、妙法を持（たも）った師子」――「勝利島」の章で、山本伸一は、伊豆大島の同志に万感の励ましを送っている

# 『新・人間革命』

## 第29巻

「聖教新聞」連載

（2016年1月1日付〜11月23日付）

# 第29巻

# 基礎資料編

## 各章のあらすじ

**物語の時期**

1978年（昭和53年）10月10日～79年2月16日

# 「常《じょう》楽《らく》」の章

１９７８年（昭和53年）10月10日、山本伸一《やまもとしんいち》は、ハーバード大学名誉教授のガルブレイス博士と会談。心通《こころかよ》う率直《そっちょく》な語《かた》らいのなかで、友情の絆《きずな》が結ばれていく。

大阪を訪《おとず》れた伸一は11日、熱原《あつはら》法難《ほうなん》７００年記念の城東区《じょうとうく》の総会に出席。現代における殉教《じゅんきょう》の精神について指導する。

21日、東京・板橋文化会館で行われた本部幹部会では、伸一が作《さく》詞《し》した新婦人部歌《ふじんぶか》「母の曲」、茨城の歌「凱歌《がいか》の人生《じんせい》」が発表《はっぴょう》される。終了後も「母の曲」の歌を婦人部の代表と共《とも》に聴《き》く。

また、埼玉には「広布《こうふ》の旗《はた》」、東京・世田谷《せたがや》には「地涌《じゆ》の旗」、新潟には「雪山《せっせん》の道」、栃木には「誓《ちか》いの友」と、次々に県・区歌を作詞して贈《おく》る。

一方、弁護士・山脇友政《やまわきともまさ》の謀略《ぼうりゃく》に踊《おど》る宗門僧《しゅうもんそう》によって、学会への攻撃《こうげき》が激《はげ》しさを増していた。

伸一は同志《どうし》を全力で励《はげ》まし続《つづ》け、指導部には「永遠《とわ》の青春」を、山梨には「文化と薫《かお》れ」を作詞し、贈る。

11月10日、大阪・泉州《せんしゅう》文化会館を初訪問し、有志《ゆうし》の育てた菊《きく》を観賞。12日、伸一の作詞した「泉州の歌」（後の「歓喜《かんき》の城光《ひか》れ」）の歌《か》詞《し》が発表される。

1978年(昭和53年)11月18日、学会創立《そうりつ》48周年を記念する本部幹部会で山本伸一《やまもとしんいち》は、「七つの鐘《かね》」が明79年(同54年)に鳴《な》り終《お》わることを述べ、未来展望《てんぼう》を語《かた》る。

翌日、「11・18」を記念《きねん》して提言を発表《はっぴょう》。「地方の時代と創価学会《そうかがっかい》の役割《やくわり》」や環境《かんきょう》問題に言及《げんきゅう》する。

21日、伸一は神奈川の戸塚《とつか》文化会館へ。22日、群馬県では彼が作《さく》詞《し》した県歌「広布《こうふ》の鐘」が発表される。23日、伸一は第1回関東支部長会に出席し、幹部の在《あ》り方《かた》について指導。また、激闘《げきとう》のなか、「静岡健児の歌」を作詞《さくし》し、同志《どうし》に贈《おく》る。

29日に大阪入りした伸一は、30日

# 「力走《りきそう》」の章

には三重へ。12月1日、名張《なばり》市を初訪問《はつほうもん》。地元の壮年本部長やその家族など、同志を激励《げきれい》する。三重から大阪に戻《もど》り、高知指導へ。雄《ゆう》大《だい》な太平洋に臨《のぞ》む高知研修道場を初訪問し、連日、同志の激励《げきれい》に全《ぜん》精魂《せいこん》を注《そそ》ぐ。また、香川県の四国研修道場に舞台《ぶたい》を移し、12日の徳島県幹部総会では、〝覚悟《かくご》〟の信心を訴《うった》える。

12月26日から28日には、栃木・群馬へ。〝今、戦わずして、いつ戦うのだ! 時は今だ! この一瞬《いっしゅん》こそが、黄金の時だ!〟――伸一は、自身に言い聞かせ、「力走《りきそう》」を続ける。

# 「清新《せいしん》」の章

１９７９年（昭和54年）1月、山《やま》本伸一《もとしんいち》は東北指導へ。12日には岩手・水沢《みずさわ》文化会館で開館を記念する自由勤行会を開催《かいさい》。「皆《みな》が〝地域の柱《はしら》〟に！」と訴《うった》える。

東日本大震災《だいしんさい》（２０１１年３月11日）で、地域の人々のために勇《いさ》んで献身《けんしん》する学会員のなかには、この自由勤行会で伸一との出会いを結んだ人たちが少なくなかった。

伸一は、出発の直前まで、会館の庭で子どもたちと相撲《すもう》を取るなど、同志との交流に努《つと》めた。

14日、青森文化会館で、10年前の約束を忘《わす》れず訪《たず》ねてきた、下北半島のかつての中等部員たちを歓迎《かんげい》する。幹部会や懇談会《こんだんかい》に臨《のぞ》み、翌《よく》15日には、「清新《せいしん》」の気にあふれた新成人のメンバーや、役員の青年らと記念撮影《さつえい》。さらに会館周辺をまわり、路上で何人もの学会員を励《はげ》ます。

東京に戻《もど》った伸一は、20日、オックスフォード大学のウィルソン教授と対談。後年、二人は対談集『社会と宗教《しゅうきょう》』を発刊する。

伸一はインドへの出発地を、戸田《とだ》城聖《じょうせい》が東洋広布を託《たく》した九州と定める。2月1日、九州研修道場での記念幹部会で、インド国歌の熱唱を聴《き》き、世界広布への決意を新たにする。

1979年（昭和54年）2月3日、山本伸一《やまもとしんいち》は、香港《ホンコン》を訪《おとず》れ、4日には九竜会館を初訪問《はつほうもん》。香港広布18周年を祝う記念勤行会へ。

6日午前零時《れいじ》過ぎ、インド・デリーに到着《とうちゃく》。午後には、デリー大学での図書贈呈式《ぞうていしき》に出席。翌《よく》7日以《い》降《こう》、デサイ首相やバジパイ外相等、要人との会見が続く。過密《かみつ》なスケジュールのなか、インドの同志との懇談会《こんだんかい》が行われる。全インドから集《つど》った約40人のメンバーに、伸一は、「ガンジス川の流れも、一滴《いってき》の水から始まる。同じように皆《みな》さんは、インド広布の大河《たいが》をつくる、源《げん》流《りゅう》の一滴、一滴となる方々《かたがた》です」と指導する。

# 「源《げん》流《りゅう》」の章

9日、ジャワハルラル・ネルー大学では、ナラヤナン副総長と友誼《ゆうぎ》を結ぶ。戸田城聖の生誕《せいたん》の日にあたる2月11日、パトナに移動した伸一は、夕刻《ゆうこく》、ガンジス川のほとりで、東洋広布を念願した恩師《おんし》を偲《しの》ぶ。

カルカッタ（後のコルカタ）では、タゴールの精神を継承《けいしょう》するラビンドラ・バラティ大学に図書を贈呈。インド博物館では、仏教盛衰《せいすい》の歴史に思いを馳《は》せる。

その後、インド創価学会（BSG）は大発展《だいはってん》を遂《と》げ、広布の大河となっていく。

# 香港・インド

香港広布 18 周年記念勤行に出席する（1979 年 2 月 4 日、九竜会館で）

インド・ニューデリーのローディー庭園で現地の子どもたちと交流（1979 年 2 月 6 日）

〝インドの良心〟と敬愛された社会運動家 J・P・ナラヤン氏と対談（1979 年 2 月 11 日）

戸田先生の誕生日に、インド・ガンジス川のほとりに立つ（1979 年 2 月 11 日）

# 山本伸一の激《げき》励《れい》行《こう》

## 大 阪

「100 歳まで元気で」――同志に励ましを送る（1978 年 11 月 12 日、大阪・泉州文化会館で）

## 高 知

バスで参加した遠方の友を見送る（1978 年 12 月 7 日、高知研修道場〈当時〉で）

## 岩 手

ピアノで〝大楠公〟の曲などを奏でる（1979 年 1 月 12 日、岩手・水沢文化会館で）

## 青 森

新春記念指導会の後、友を激励（1979 年 1 月 15 日、青森文化会館〈当時〉で）

# 識者との語らい

1978年10月の初会談以来、世界的経済学者ガルブレイス博士と12年ぶりに再会を果たした（90年10月）

宗教社会学者ウィルソン博士と会談（1997年11月）。79年1月の会談の模様が「清新」の章に記される

# 第29巻

# 名場面編

## 「常楽《じょうらく》」の章　配慮《はいりょ》の中に人間主義《にんげんしゅぎ》は輝《かがや》く

**〈1978年（昭和53年）11月、山本伸一《やまもとしんいち》は大《おお》阪《さか》へ向かい、完成《かんせい》したばかりの泉州文化会館《せんしゅうぶんかかいかん》を初訪問《はつほうもん》。会館には、彼《かれ》を歓迎《かんげい》する大輪《たいりん》の菊《きく》が飾《かざ》られていた。伸一はその真心《まごころ》に応《こた》えるため、12日、各部合同勤行会《かくぶごうどうごんぎょうかい》を開催《かいさい》する〉**

この参加者《さんかしゃ》は、泉州文化会館を菊の花《はな》で荘厳《そうごん》するために、丹精込《たんせいこ》めて菊を育《そだ》てた各大ブロックの有志《ゆうし》たちであった。

二日前、咲《さ》き薫《かお》る菊の花を見た伸一は、関西《かんさい》の幹部《かんぶ》に、「この花を育ててくれた方《かた》たちは、勤行会には集《つど》って来《こ》られますか」と尋《たず》ねた。

メンバーが、参加対象《さんかたいしょう》にはなっていないことを聞くと、こう提案《ていあん》した。

「勤行会の開催回数《かいすう》を増《ふ》やして、菊を育ててくださった方々《かたがた》をお招《まね》きできませんか。私は、何回《なんかい》でも出席させていただきます。陰《かげ》で苦労《くろう》し、真心を尽《つ》くしてくださった人を、最《もっと》も大事《だいじ》にするのが学会《がっかい》です。私は、直接《ちょくせつ》お会いして、心《こころ》から御礼申《おんれいもう》し上《あ》げたいんです」

そして、十二日午後《ごご》の各部合同勤行会が決まったのである。

人びとを思《おも》う、一つ一つの配慮《はいりょ》のなかにこそ、人間主義《にんげんしゅぎ》の輝《かがや》きがある。

勤行会で彼は、「よ《善》からんは不思議《ふしぎ》わる《悪》からんは一定《いちじょう》とをもへ」（御書《ごしょ》一一九〇㌻）の御聖訓《ごせいくん》を拝《はい》して、広布《こうふ》の道《みち》は苦闘《くとう》の連続《れんぞく》であると覚悟《かくご》し、諸難《しょなん》を乗《の》り越《こ》え、人生《じんせい》の勝利《しょうり》と幸福《こうふく》を築《きず》いてほしいと訴《うった》えた。

また、菊作《づく》りの労作業《ろうさぎょう》に感謝《かんしゃ》し、賞讃《しょうさん》と励《はげ》ましの句《く》を、次々《つぎつぎ》と贈《おく》ったのである。

「天《てん》に月《つき》　地に菊薫る　広布かな」

「菊作り　喜《よろこ》ぶ人みて　陰《かげ》で泣《な》く」

「目もさめる　此《こ》の世《よ》の絵巻《えまき》か　菊の庭《にわ》」

「菊見つつ　信《しん》のこころが　見ゆるかな」

「霊山《りょうぜん》も　かくの如《ごと》きか　菊の波《なみ》」

勤行会《ごんぎょうかい》での指導《しどう》を終《お》えた彼《かれ》は、会場《かいじょう》の片隅《かたすみ》にいた数人《すうにん》の老婦人《ろうふじん》のもとへ歩《あゆ》みを運《はこ》んだ。

苦労《くろう》して広宣流布《こうせんるふ》の道を切り開いてこられた草創《そうそう》の功労者《こうろうしゃ》であろう。広布《こうふ》の幾山河《いくさんが》を歩み抜《ぬ》いてきた苦闘《くとう》と栄光《えいこう》が偲《しの》ばれた。

仏《ほとけ》を仰《あお》ぐ思《おも》いで、老婦人の肩《かた》に手をかけて言った。

「よくいらっしゃいましたね。偉大《いだい》なるお母《かあ》さん方《がた》にお会いできて嬉《うれ》しい。お疲《つか》れ様《さま》です。皆《みな》さんを見ていると、私のおふくろのように思えるんです。うんと長生《ながい》きしてください。それが私の願《ねが》いです」

（「**常楽**《じょうらく》」の章、116～118ページ）

## 「力走《りきそう》」の章　誠実《せいじつ》な振《ふ》る舞《ま》いが心《こころ》に響《ひび》く

**〈1978年（昭和53年）12月、四国《しこく》指導《しどう》に赴《おもむ》いた山本伸一《やまもとしんいち》は、高知県《こうちけん》を訪問《ほうもん》。同志《どうし》の激励《げきれい》に全力《ぜんりょく》を注《そそ》ぎ、その激闘《げきとう》は高知滞在最終日《たいざいさいしゅうび》まで続《つづ》いた〉**

午前《ごぜん》十一時半《はん》から、高知文化会館開館《ぶんかかいかんかいかん》一周年《しゅうねん》記念《きねん》の近隣勤行会《きんりんごんぎょうかい》が行《おこな》われた。近隣勤行会という名称《めいしょう》にしてはいたが、「来《こ》られる方《かた》は、皆《みな》、来てください」と全県《ぜんけん》に連絡《れんらく》が流《なが》れていたので、会館の大広間《おおひろま》は参加者《さんかしゃ》でいっぱいになり、ほかの部屋《へや》も次々《つぎつぎ》と人であふれた。

勤行会で伸一《しんいち》は、『教学《きょうがく》を深《ふか》め、法《ほう》を弘《ひろ》める』すなわち〝深学弘法《じんがくぐほう》〟を私どもの精神《せいしん》として、晴《は》れやかに信心強盛《しんじんごうじょう》な日々《ひび》を送《おく》っていただきたい」と念願《ねんがん》し、あいさつとした。

高知文化会館には、まだ、たくさんの人が詰《つ》めかけていた。伸一は、もう一回、勤行会を行った。（中略）

帰《かえ》り支度《じたく》をして、会館の一階《かい》に下《お》りた伸一は、運営《うんえい》に使《つか》われていた部屋に顔《かお》を出した。

彼の姿《すがた》を見ると、合唱団《がっしょうだん》のピアノ演奏《えんそう》を担当《たんとう》した女子部員《じょしぶいん》が、伸一に報告《ほうこく》した。

「先生《せんせい》！　私は平尾光子《ひらおみつこ》と申《もう》します。今回《こんかい》、高知で先生の出られた勤行会に、すべて合唱団として参加することができました。

実《じつ》は、家族《かぞく》のなかで、父《ちち》だけが未入会《みにゅうかい》なんですが、私は感激《かんげき》のあまり、毎日《まいにち》、先生のお話《はなし》を父に伝《つた》えておりました。父も、熱心《ねっしん》に話に耳《みみ》を傾《かたむ》け、一緒《いっしょ》に喜《よろこ》んでいました。それで、こんな句《く》を詠《よ》んでくれたんです」

彼女《かのじょ》は、短冊《たんざく》を差《さ》し出《だ》した。

「大いなる　冬日《ふゆび》の如《ごと》き　為人《ひととなり》」

「曰《のたま》はく　一語《いちご》一語の　暖《あた》かし」

伸一は、微笑《ほほえ》みながら言った。

「いいお父《とう》さんだね。あなたは本当《ほんとう》に愛《あい》されているんです。

第26巻
第27巻
第28巻
第29巻
第30巻〈上〉
第30巻〈下〉

娘《むすめ》さんが、冬《ふゆ》の太陽《たいよう》のように周囲《しゅうい》を照《て》らし出《だ》し、慕《した》われる人に育《そだ》ったことを、心《こころ》から喜《よろこ》んでいる心情《しんじょう》が伝《つた》わってくる句《く》です。また、あなたの姿《すがた》を通《とお》して、私のことを知り、共感《きょうかん》してくださっているんだね。

娘としてのあなたの誠実《せいじつ》な振《ふ》る舞《ま》いが、お父《とう》さんの心に響《ひび》いたんです。大勝利《だいしょうり》です。

私も、お父さんに句をお贈《おく》りしたいな」

しかし、出発間際《しゅっぱつまぎわ》であり、筆《ふで》もなかった。

「では、お父さんに、『近日中《きんじつちゅう》に句をお贈りさせていただきます』とお伝えください」

それから一週間《いっしゅうかん》ほどして、伸一から彼女《かのじょ》のもとへ、父親宛《ちちおやあ》てにトインビー博士との対談集《たいだんしゅう》『二十一世紀《せいき》への対話《たいわ》』が届《とど》けられた。

そこには、一句が認《したた》められていた。

「父《ちち》の恩《おん》　娘の幸《しあわ》せ　祈《いの》る日々《ひび》」

ほどなく父親《ちちおや》は、自《みずか》ら入会《にゅうかい》した。そして、自宅《じたく》を会場《かいじょう》に提供《ていきょう》するなど、学会《がっかい》を守《まも》る頼《たの》もしい壮年部《そうねんぶ》となっていったのである。

（「力走《りきそう》」の章、227～229ページ）

## 「清新《せいしん》」の章　勝利者《しょうりしゃ》とは誓《ちか》いを果《は》たす人

**〈1979年（昭和54年）1月、山本伸一《やまもとしんいち》は青森文化会館《あおもりぶんかかいかん》で、彼《かれ》を訪《たず》ねてきた下北《しもきた》のメンバーと懇談《こんだん》した〉**

十年前の春《はる》のことである。下北半島《はんとう》の大湊《おおみなと》で行《おこな》われた中等部員会《ちゅうとうぶいんかい》に集《つど》った三、四十人のメンバーの写真《しゃしん》と、代表《だいひょう》が綴《つづ》った決意文《けついぶん》が、伸一のもとへ郵送《ゆうそう》されてきた。彼は、本州最北端《ほんしゅうさいほくたん》の下北で、中等部員が大志《たいし》に燃《も》え、喜々《きき》として信心《しんじん》に励《はげ》んでいることが、たまらなく嬉《うれ》しかった。

すぐに、非売品《ひばいひん》である自身《じしん》の『若《わか》き日の日記《にっき》』第二巻に、「下北の中等部員の成長《せいちょう》と栄光《えいこう》を　ぼくはいつも祈《いの》ろう。此《こ》の写真の友《とも》と十年後に必《かなら》ず会おう」と認《したた》めて贈《おく》った。

さらに翌年《よくねん》十一月、吹雪《ふぶき》の大地《だいち》に生きる若き友を思《おも》い、自著《じちょ》『私の人生観《じんせいかん》』に「下北の　わが中等部　嵐征《あらしゆ》け」と書《か》き贈ったのだ。

その代表の青年《せいねん》たちと、当時《とうじ》の中等部の担当《たんとう》者《しゃ》であった婦人《ふじん》が訪ねて来たのである。

伸一は、かつての中等部員らを心《こころ》から歓迎《かんげい》した。皆《みな》、十年後を目標《もくひょう》に誓《ちか》いを立て、さまざまな苦難《くなん》に挑《いど》みながら、精進《しょうじん》を重《かさ》ねてきたのだ。

「よく来たね！　みんな、必ず成長して集い合《あ》おうと、御本尊《ごほんぞん》に誓《ちか》ったと思う。そして、今日《きょう》まで、その誓いを忘《わす》れずに頑張《がんば》ってきた。それが大事《だいじ》なんだ。

御本尊に誓ったこと、約束《やくそく》したことを破《やぶ》ってはいけない。決意することは容易《ようい》です。しかし、実行《じっこう》しなければ意味《いみ》はない。自分《じぶん》の立てた誓いを果《は》たすことが尊《とうと》いんです。そこに人生《じんせい》の勝利《しょうり》を決《けっ》する道《みち》があるんだよ」

これまでメンバーは、折々《おりおり》に集《つど》っては誓いを確認《かくにん》し、切磋琢磨《せっさたくま》してきた。この日、伸一を訪ねてやって来た青年の一人《ひとり》に木森正志《きもりまさし》がいた。

彼は、創価大学《そうかだいがく》に学《まな》び、四月から東京《とうきょう》の大手《おおて》企《き》業《ぎょう》に就職《しゅうしょく》することが決まっていた。
木森《きもり》の家《いえ》は貧《まず》しく、とても大学に進学《しんがく》できる家庭状況《かていじょうきょう》ではなかった。（中略）木森は、伸一《しんいち》から激励《げきれい》を受けて以来《いらい》、〝社会《しゃかい》に貢献《こうけん》する人材《じんざい》になって期待《きたい》に応《こた》えよう〟と、固《かた》く心《こころ》に決めていた。高校《こうこう》二年生になった年に創価大学《そうかだいがく》が開学《かいがく》すると、〝ぼくも、山本先生《やまもとせんせい》が創立《そうりつ》した大学で学びたい〟と強《つよ》く思《おも》った。家が経済的《けいざいてき》に大変《たいへん》なことは、よくわかっていた。でも、意《い》を決《けっ》して、両親《りょうしん》に頼《たの》み込《こ》んで許《ゆる》しを得《え》た。猛勉強《もうべんきょう》に励《はげ》み、高校を卒業《そつぎょう》した翌年《よくねん》に創価大学に入学《にゅうがく》した。下北地方《しもきたちほう》で初《はつ》の創大生《そうだいせい》となった。

東京《とうきょう》で働《はたら》いていた兄《あに》のアパートに転《ころ》がり込んだ。土木工事等《どぼくこうじとう》、アルバイトをしながらの学生《がくせい》生活《せいかつ》であった。だが、〝伸一のもとに集《つど》う十年後〟をめざして、木森は、歯《は》を食《く》いしばりながら、自身《じしん》への挑戦《ちょうせん》を続《つづ》けてきたのだ。
勝利者《しょうりしゃ》とは、自分《じぶん》に打《う》ち勝《か》つ、忍耐《にんたい》の人である。自《みずか》らの誓《ちか》いを果《は》たし抜《ぬ》いた人である。

（「清新《せいしん》」の章、280〜282㌻）

# 「源流《げんりゅう》」の章　苦難《くなん》多き人生《じんせい》こそ最《もっと》も崇高《すうこう》

**〈1979年（昭和54年）2月、インドを訪《おとず》れた山本伸一《やまもとしんいち》は、カルカッタ（現在のコルカタ）郊外《こうがい》にある学校《がっこう》を視察《しさつ》した〉**

伸一たちは、視覚《しかく》に障《しょう》がいがある人を支援《しえん》する付属《ふぞく》の学校も訪問《ほうもん》した。

自身《じしん》も目が不自由《ふじゆう》な校長《こうちょう》が、柔和《にゅうわ》な笑《え》みを浮《う》かべ、伸一と握手《あくしゅ》を交《か》わし、実技訓練所《じつぎくんれんじょ》へ案内《あんない》してくれた。生徒《せいと》たちは、手探《てさぐ》りでボルトとナットの組《く》み立《た》て作業《さぎょう》などに励《はげ》んでいた。

伸一は、その様子《ようす》を見ながら、生徒に語《かた》りかけた。

「こうして挑戦《ちょうせん》していること自体《じたい》、すごいことなんです。

皆《みな》さんが技術《ぎじゅつ》を習得《しゅうとく》し、社会《しゃかい》で活躍《かつやく》できるようになれば、目の不自由な多くの人に希望《きぼう》の光《ひかり》を送《おく》ることになります」

見学《けんがく》を終《お》えると、校長、教員《きょういん》と共《とも》に、生徒の代表《だいひょう》が見送《みおく》りに出てきた。

伸一は、その生徒の一人《ひとり》を抱《だ》きかかえながら言った。

「不自由な目で生き抜《ぬ》いていくことは、人《ひと》一倍《いちばい》、努力《どりょく》も必要《ひつよう》であり、苦労《くろう》も多いことでしょう。

しかし、だからこそ、その人生《じんせい》は最《もっと》も崇高《すうこう》なんです。

誇《ほこ》りをもって、さらに、さらに、偉大《いだい》なわが人生を進《すす》んでください。

人間は、皆、平等《びょうどう》です。

実《じつ》は、誰《だれ》もが、さまざまな試練《しれん》や困難《こんなん》と戦《たたか》っています。

そのなかで、自分自身《じぶんじしん》でどう希望をつくり、雄々《おお》しく生き抜いていくかです。

これをやり抜いた人が真実《しんじつ》の人生の勝利者《しょうりしゃ》なんです」

生徒《せいと》は、伸一《しんいち》に顔《かお》を向け、通訳《つうやく》が伝《つた》える言葉《ことば》に頷《うなず》きながら、耳《みみ》を澄《す》ましていた。

「負《ま》けてはいけません。断《だん》じて勝ってください。勝つんですよ。

人は、自分《じぶん》の心《こころ》に敗《やぶ》れることで、不幸《ふこう》になってしまう。

私は、あなたたちの勝利《しょうり》を祈《いの》っています」

彼《かれ》は、なんとしても、生徒たちの心に赤々《あかあか》とした勇気《ゆうき》の火をともしたかったのである。

さらに、校長《こうちょう》の手を固《かた》く握《にぎ》り締《し》めながら、力《ちから》を込《こ》めて訴《うった》えた。

「この方々《かたがた》は、世界《せかい》の宝《たから》です。

インドの希望《きぼう》の星《ほし》となります。

人生《じんせい》の勝利の栄冠《えいかん》を頂《いただ》く人に育《はぐ》み、世《よ》に送《おく》り出《だ》してください」

「どうか、また来てください！」

こう言って盛《さか》んに手を振《ふ》る生徒たちの目には、涙《なみだ》があふれていた。

（「源流《げんりゅう》」の章、448～450ページ）

# 第29巻

# 御書編

# リーダーと心《こころ》合《あ》わせ応援《おうえん》を

御文

松野殿御返事《まつのどのごへんじ》　御書1382ジペー

忘《わす》れても法《ほ》華《け》経《きょう》を持《たも》つ者《もの》をば互《たがい》に毀《そし》るべからざるか、其《その》故《ゆえ》は法華経を持つ者は必《かなら》ず皆《みな》仏《ほとけ》なり仏を毀りては罪《つみ》を得《う》るなり

通解

決して、法華経《ほけきょう》を持《たも》つ者《もの》を互《たが》いに謗《そし》ってはならない。その理由《りゆう》は、法華経を持つ者は必《かなら》ず皆仏《みなほとけ》であり、仏を謗れば罪《つみ》となるからである。

## 小説の場面から

**〈1978年（昭和53年）12月、三重《みえ》・名張市《なばりし》を訪《おとず》れた山本伸一《やまもとしんいち》は、地元《じもと》の代表《だいひょう》や方面《ほうめん》・県幹部《けんかんぶ》との協《きょう》議会《ぎかい》で、厳《きび》しく怨嫉《おんしつ》を戒《いまし》める〉**

「学会のリーダーは、人格《じんかく》、見識《けんしき》、指導力等々《しどうりょくとうとう》も優《すぐ》れ、誰《だれ》からも尊敬《そんけい》、信頼《しんらい》される人になるべきであり、皆《みな》、そのために努力《どりょく》するのは当然《とうぜん》です。しかし、互《たが》いに凡夫《ぼんぷ》であり、人間革命途上《にんげんかくめいとじょう》であるがゆえに、丁寧《ていねい》さに欠《か》けるものの言《い》い方《かた》をする人や、配慮《はいりょ》不足《ぶそく》の幹部《かんぶ》もいるでしょう。いやな思《おも》いをさせられることもあるかもしれない。そうであっても、恨《うら》んだり、憎《にく》んだりするならば、怨嫉《おんしつ》になってしまう。

（中略）

また、リーダーの短所《たんしょ》が災《わざわ》いして、皆《みな》が団結《だんけつ》できず、活動《かつどう》が停滞《ていたい》しているような場合《ばあい》には、その事態《じたい》を打開《だかい》するために、自分《じぶん》に何ができるのかを考《かんが》えていくんです。他人事《ひとごと》のように思ったり、リーダーを批判《ひはん》したりするのではなく、応援《おうえん》していくんです。それが『己心《こしん》の内《うち》』に法《ほう》を求《もと》める仏法者《ぶっぽうしゃ》の生き方です。

末法《まっぽう》という濁世《じょくせ》にあって、未完成《みかんせい》な人間同士《どうし》が広《こう》宣流布《せんるふ》を進《すす》めていくんですから、意見《いけん》の対立《たいりつ》による感情《かんじょう》のぶつかり合《あ》いもあるでしょう。

でも、人間の海《うみ》で荒波《あらなみ》に揉《も》まれてこそ、人間革命できる。人間関係《かんけい》で悩《なや》む時こそ、自分を成長《せいちょう》させる好機《こうき》ととらえ、真剣《しんけん》に唱題《しょうだい》し、すべてを前進《ぜんしん》の燃料《ねんりょう》に変えていってください。

何があっても、滝《たき》のごとく清《きよ》らかな、勢《いきお》いのある信心《しんじん》を貫《つらぬ》いていくんです」

（「力走《りきそう》」の章、162～163ページ）

# 〝いまだこりず候《そうろう》〟の精神で

第26巻
第27巻
第28巻
第29巻
第30巻〈上〉
第30巻〈下〉

御文

曾《そ》谷《や》殿《どの》御《ご》返《へん》事《じ》　御書1056ページ

此《この》法《ほう》門《もん》を日《にち》蓮《れん》申《もう》す故《ゆえ》に忠《ちゅう》言《げん》耳《みみ》に逆《さから》う道《どう》理《り》なるが故に流《る》罪《ざい》せられ命《いのち》にも及《およ》びしなり、然《しかれ》どもいまだこりず候《そうろう》

通解

この法門《ほうもん》を日蓮《にちれん》が説《と》くので、「忠言《ちゅうげん》は耳《みみ》に逆《さか》らう」というのが道理《どうり》であるから、流罪《るざい》され、命《いのち》の危険《きけん》にも及《およ》んだのである。しかしながら、いまだ懲《こ》りてはいない。

## 小説の場面から

**〈1979年（昭和54年）1月、山本伸一《やまもとしんいち》は、神奈川《かながわ》・川崎文化会館《かわさきぶんかかいかん》での本部幹部会《ほんぶかんぶかい》で、恩師《おんし》・戸田城聖《とだじょうせい》への思《おも》いを語《かた》った〉**

「私は、日々《ひび》、戸田先生《せんせい》の指導《しどう》を思い起《お》こし、心《こころ》で先生と対話《たいわ》しながら、広宣流布《こうせんるふ》の指揮《しき》を執《と》ってまいりました。

　戸田先生が、豊島公会堂《としまこうかいどう》で一般講義《いっぱんこうぎ》をされたことは、あまりにも有名《ゆうめい》であり、皆《みな》さんもよくご存《ぞん》じであると思います。（中略）

　先生は、『これだよ。〝いまだこりず候《そうろう》〟だよ』と強調《きょうちょう》され、こう語られたことがあります。

『私どもは、もったいなくも日蓮大聖人《にちれんだいしょうにん》の仏子《ぶっし》である。地涌《じゆ》の菩薩《ぼさつ》である。なれば、わが創価学会《そうかがっかい》の精神《せいしん》もここにある。不肖《ふしょう》私も広宣流布のためには、〝いまだこりず候〟である。大聖人の御遺命《ごゆいめい》を果《は》たしゆくのだから、大難《だいなん》の連続《れんぞく》であることは、当然《とうぜん》、覚悟《かくご》しなければならない！　勇気《ゆうき》と忍耐《にんたい》をもつのだ』――その言葉《ことば》は、今でも私の胸《むね》に、鮮烈《せんれつ》に残《のこ》っております。

　人生《じんせい》には、大なり小《しょう》なり、苦難《くなん》はつきものです。ましてや広宣流布の大願《だいがん》に生きるならば、どんな大難が待《ま》ち受《う》けているかわかりません。予想《よそう》だにしない、過酷《かこく》な試練《しれん》があって当然です。しかし、私どもは、この〝いまだこりず候〟の精神で、自《みずか》ら決めた使命《しめい》の道《みち》を勇敢《ゆうかん》に邁進《まいしん》してまいりたい。もとより私も、その決心《けっしん》でおります。親愛《しんあい》なる同志《どうし》の皆様方《みなさまがた》も、どうか、この御金言《ごきんげん》を生涯《しょうがい》の指針《ししん》として健闘《けんとう》し抜《ぬ》いてください」

（「清新《せいしん》」の章、303～304ページ）

### 歴史の価値は「民衆史」に

　歴史学の分野にはかつて、「民衆史」という言葉は存在《そんざい》しませんでした。民衆は支配され、抑圧《よくあつ》される側《がわ》にある——これが、「民衆」に対する歴史学者の普通《ふつう》の認識《にんしき》でもありました。

　ところが、1950年代の終わり頃《ごろ》から、こうした見方に疑義《ぎぎ》が呈《てい》されるようになりました。そもそも歴史は、一握《ひとにぎ》りの権力者《けんりょくしゃ》やエリートによって形成されるものではありません。無名《むめい》の民衆たちによるものです。

　私が「民衆史」という言葉を提《てい》唱《しょう》したのも、価値が低いとみなされてきた庶民《しょみん》の歴史こそ、本当の歴史の基礎《きそ》となるものだという確

## 半世紀超《こ》す執筆に思う
# 識者が語る

歴史家
**色川 大吉氏**

信があったからです。

　だからこそ、池田名誉会長が小説という形で、創価学会の歴史と共に、庶民の〝蘇《よみがえ》り〟のドラマを書き残《のこ》されたことに賛成します。『新・人間革命』は、創価学会の今後の精神史においても、大きな役《やく》割《わり》を果たしていくことと思います。

　1976年（昭和51年）の春、私は「不知火海《しらぬいかい》総合学術調査団」を組織して、熊本県水俣市《みなまたし》に初めて足を運びました。以来、公害病である「水俣病」と徹底《てってい》して向《む》き合ってきました。

　時には「お前たち学者文化人は口先《くちさき》だけの偽善者《ぎぜんしゃ》で、いざという時、支援《しえん》もしない。信用できない」と若い活動家たちから批判《ひはん》された

こともあります。それでも足かけ10年、水俣《みなまた》に通《かよ》い続けました。

その水俣病研究の集大成として昨年、『不知火海《しらぬいかい》民衆史』（揺籃社）上下巻を出版しました。上巻の最後の「『支援』ということ」は、水俣に初めて訪《おとず》れた直後に書いたものです。

「もし人が無償《むしょう》の動機で、他人である私に支援の手をさしのべてくれたとしたら、それはどんなに尊《とうと》い、文字どおりこの世にはあり難《がた》いことであるかと感激《かんげき》する」――これは、その後の水俣の日々での実感でした。

創価学会はかつて、「貧乏人《びんぼうにん》と病人の集まり」と揶揄《やゆ》されたことがありました。その言葉自体に、

鹿児島・九州総合研修所（当時）に集った水俣のメンバーとの記念撮影に臨む池田先生。「皆さんこそ、人生の偉大なる勝利者です」とたたえ、万歳をした（1974年1月24日）

創価学会が社会に果《は》たしてきた役割が凝縮《ぎょうしゅく》されています。「無償の動機」で、苦悩《くのう》する民衆に「支援の手」を差し伸べたことに共感します。

現在（２０２１年５月）のコロナ禍《か》で、社会は危機《きき》に直面しています。今こそ、歴史の視点《してん》に学ぶ時であり、真の救済《きゅうさい》の〝宗教〟が求められる時ではないでしょうか。

**いろかわ・だいきち**

１９２５年（大正14年）、千葉県生まれ。歴史家。東京大学文学部卒業。東京経済大学名誉教授。「民衆史」の開拓、「自分史」の提唱などで注目を集め、水俣病事件調査や市民運動にも深く関わる。主な著書に『明治精神史』『ある昭和史――自分史の試み』（中央公論社）、『色川大吉著作集』全５巻（筑摩書房）ほか多数。２０２１年９月７日逝去。

（本人の写真は共同通信社提供）

ここにフォーカス

# 「日《にち》蓮《れん》仏《ぶっ》法《ぽう》」は現《げん》実《じつ》と戦う宗教

日蓮大聖人《にちれんだいしょうにん》が、「立正安国論《りっしょうあんこくろん》」を著《あらわ》された契機《けいき》は、正嘉《しょうか》元年（1257年）の「正嘉の大地震《おおじしん》」でした。歴史書『吾妻鏡《あずまかがみ》』には、地震の様子が記《しる》されています。

「戌《いぬ》の刻《こく》に大地震。音がして、神社・仏閣《ぶっかく》で一つも無事なものはなかった。山岳《さんがく》が崩壊《ほうかい》して民家は転倒《てんとう》」「諸所《しょしょ》で地面が割《わ》れ、水が噴《ふ》き出した」（『現代語訳　吾妻鏡14』吉川弘文館）

立正安国論が提出された文応元年（1260年）にも、災害が襲《おそ》います。「洪水《こうずい》で河辺《かわべ》の民家のほとんどが流失した」＜6月1日＞。さらに、疫病《えきびょう》も大流行し、〝守護人たちは疫病退治《たいじ》の祈《き》とうを命じられた〟と記されています。

そんな世相の中で蔓延《まんえん》したのが、厭世《えんせい》主義でした。苦《くる》しみから逃《のが》れようと、人々は念仏信仰《しんこう》に傾斜《けいしゃ》していきます。その教えは〝現実逃避《げんじつとうひ》〟〝無気力〟の風潮《ふうちょう》を生みました。大聖人は「遂《つい》にやむを得ず、国主諫暁《かんぎょう》の書一通を認《したた》め、その名を『立正安国論』と号した」（御書33㌻、通解）のです。

「清新《せいしん》」の章に、「この荒《あ》れ狂《くる》う現実のなかで、生命力《せいめいりょく》をたぎらせ、幸福《こうふく》を築《きず》き上《あ》げていく道《みち》を教《おし》えているのが日蓮仏法《ぶっぽう》」とあります。社会が不安に揺《ゆ》れ動《うご》く今こそ、清新な決意で、立正安国の精神を輝《かがや》かせていく時です。

# 第29巻

# 解説編

紙上講座

# 池田博正 主任副会長

ポイント

① **常楽我浄《じょうらくがじょう》と死身弘法《ししんぐほう》**
② **誓《ちか》いと行動の継承《けいしょう》**
③ **「対話の橋」を架《か》ける**

第29巻の舞台《ぶたい》は、宗門《しゅうもん》の僧《そう》が学会《がっかい》批判《ひはん》を繰《く》り返《かえ》していた、1978年（昭和53年）10月から翌年2月までです。

「常楽《じょうらく》」の章には、山本伸一《やまもとしんいち》が、熱原《あつはら》の法難《ほうなん》に思索《しさく》を巡《めぐ》らせる場面が描《えが》かれています。

この法難は、弘安《こうあん》2年（1279年）を頂点《ちょうてん》に、熱原郷《ごう》（現在の静岡県富士市の一部）で起《お》こった日蓮門《にちれんもん》下《か》への弾圧事件《だんあつじけん》です。

当時、熱原郷では弘教《ぐきょう》の波《なみ》が広がり、恐《おそ》れを抱《いだ》いた、地域《ちいき》の天台宗寺院《てんだいしゅうじいん》の院主代《いんじゅだい》・行智《ぎょうち》による迫害《はくがい》が起こります。

その魔《ま》の手《て》は、熱原の農民信徒《のうみんしんと》にも及《およ》び、中心的《ちゅうしんてき》存在《そんざい》であった神四郎《じんしろう》、弥五郎《やごろう》、弥六郎《やろくろう》が殉教《じゅんきょう》。それでも、農民信徒たちは、信仰《しんこう》を捨《す》てようとしませんでした。

熱原の法難の歴史を振《ふ》り返《かえ》りつつ、伸一は**「断《だん》じて殉教者《じゅんきょうしゃ》を出すような状況《じょうきょう》をつくってはならない。もしも殉難《じゅんなん》を余儀《よぎ》なくされるなら、私が一身《いっしん》に受けよう！」**（35ページ）と覚悟《かくご》します。

最愛《さいあい》の同志《どうし》を守《まも》るため、いかなる攻撃《こうげき》に遭《あ》ったと

動画で見る
セイキョウムービー（5分03秒）

しても、矢面《やおもて》に立って耐《た》え忍《しの》ぶ決心《けっしん》だったのです。

戦後《せんご》の広布《こうふ》の大伸展《だいしんてん》は、**「軍部政府《ぐんぶせいふ》の弾圧《だんあつ》と戦《たたか》って獄死《ごくし》した初代会長《しょだいかいちょう》・牧口先生《まきぐちせんせい》の死身弘法《ししんぐほう》の精神《せいしん》を、戸田《とだ》先生が、そして、同志《どうし》が受《う》け継《つ》いできたから」**(37ページ)でした。

現在の世界広布の時代が開かれたのも、「大阪事件《おおさかじけん》」「宗門事件《しゅうもんじけん》」等々、池田先生が先師《せんし》・恩師《おんし》の精神を継承《けいしょう》し、死身弘法の覚悟《かくご》で一人《ひとり》一人の励《はげ》ましに徹《てっ》してきたからです。

同章に、**「『常楽我浄《じょうらくがじょう》』の境涯《きょうがい》の確立《かくりつ》があってこそ、真《しん》の『衆生所遊楽《しゅじょうしょゆうらく》』があり、それは、死身弘法の決意《けつい》と実践《じっせん》から生まれる」**(同)とあります。

この「死身弘法の決意と実践」とは、**「〝人生《じんせい》の根本目的《こんぽんもくてき》は広布にあり〟と決めること」**(35ページ)であり、**「人びとに仏法《ぶっぽう》を教《おし》えるために、自《みずか》らの生活《せいかつ》、生き方をもって、御本尊《ごほんぞん》の功力《くりき》、仏法の真実《しんじつ》を証明《しょうめい》していく」**(同)ことです。

## 偉大《いだい》なる起点《きてん》

1978年(昭和53年)の1年間で、伸一《しんいち》は北海道《ほっかいどう》から九州《きゅうしゅう》まで10方面を訪問《ほうもん》し、30曲ほどの学会歌《がっかいか》を作成しました。

第1次宗門事件の渦中《かちゅう》にあった**「嵐吹《あらしふ》き荒《あ》れる激動《げきどう》の一年」**(233ページ)は、**「創価《そうか》の松明《たいまつ》を掲《かか》げ、守《まも》り抜《ぬ》いた力走《りきそう》の一年」**(同)であり、**「新《あたら》しき歴史《れきし》を築《きず》いた建設《けんせつ》の一年」**(同)でもあったのです。

全国を力走する中で、伸一が訴《うった》えたのは、「信心《しんじん》の基本《きほん》」に立ち返るということでした。それは、**「究極的《きゅうきょくてき》には〝御本尊根本《ごほんぞんこんぽん》〟ということ」**(102ページ)であり、**「何があっても御本尊に向かい、題目《だいもく》を唱《とな》え抜《ぬ》いていくこと」**(同)でした。

また、リーダーの姿勢《しせい》について、**「皆《みな》に信心の養分《ようぶん》を送《おく》り続《つづ》けていく存在《そんざい》であり、そのためには、自《みずか》らが信心強盛《ごうじょう》な先輩《せんぱい》を求《もと》めて切磋琢磨《せっさたくま》し、常《つね》に成長《せいちょう》し**

**続《つづ》けていくことが大事《だいじ》です」**（168ページ）と述べます。

どれだけ同志《どうし》を立ち上がらせ、共《とも》に広布《こうふ》のために汗《あせ》を流《なが》すことができたか――この一点に、リーダーの使命《しめい》があることを、伸一《しんいち》は各地で訴《うった》え、責任《せきにん》と自《じ》覚《かく》を促《うなが》していったのです。

「清新《せいしん》」の章は、1979年（昭和54年）の新年から始まります。力走《りきそう》した78年から清新な決意で、伸一は79年を迎《むか》え、再《ふたた》び力走を開始します。

「七つの鐘《かね》」の終了《しゅうりょう》を迎《むか》える同年は、〝総仕上《そうしあ》げ〟の年であると同時に、**「偉大《いだい》なる起点《きてん》」**（236ページ）でもありました。

会長就任《しゅうにん》から20年目を迎え、日本国内の広布の基《き》盤《ばん》は盤石《ばんじゃく》なものになりつつありました。伸一は**「今《こん》後《ご》、自分《じぶん》が最《もっと》も力《ちから》を注《そそ》ぐべきは世界《せかい》広布」**（326ページ）と考えます。

2月、彼《かれ》は香港《ホンコン》・インドを訪問《ほうもん》し、世界広布への新《あら》たな行動《こうどう》を開始します。戸田先生の誕生日《たんじょうび》である11日、伸一はインド・ガンジス川のほとりに立ち、恩師《おんし》に誓《ちか》います。

**「先生！　伸一は征《ゆ》きます。先生がおっしゃった、わが舞台《ぶたい》である世界の広宣流布《こうせんるふ》の大道《だいどう》を開き続けてまいります！　弟子《でし》の敢闘《かんとう》をご覧《らん》ください」**（433ページ）

宿舎《しゅくしゃ》に戻《もど》った後も、彼は恩師の遺影《いえい》に向かい、広布の大闘争《だいとうそう》を誓います。広布の「偉大なる起点」は、弟子《でし》が師匠《ししょう》に誓いを立てることから始まります。**「世界広布は、その誓いと行動の継承《けいしょう》があってこそ可能《かのう》となる」**（371ページ）のです。

## 不確実性《ふかくじっせい》と確実性

第29巻では、〝世界の知性《ちせい》〟との対話《たいわ》の模様《もよう》がつづられています。

米ハーバード大学名誉教授で、世界的な経済学者《けいざいがくしゃ》であるガルブレイス博士との対談《たいだん》では、「不確実性《ふかくじっせい》」と「確実性」が話題《わだい》に上ります（78年10月）。

伸一《しんいち》は、不確実性《ふかくじつせい》の時代の中で、必要《ひつよう》な指導理念《しどうりねん》について問います。博士は、人間の行《おこな》う努力《どりょく》は常《つね》に修正《しゅうせい》されていくべきであり、その考え方を受け入れること自体が、一つの指導理念になると述べます。

これに対して伸一は、**「人間を高め、成長《せいちょう》を図《はか》っていくことが、常《つね》に的確《てきかく》な判断《はんだん》をしていくうえで、極《きわ》めて大事《だいじ》」**（19㌻）であり、**「仏法《ぶっぽう》を基調《きちょう》にした精神《せいしん》変革《へんかく》、人間革命《にんげんかくめい》の運動《うんどう》こそ、二十一世紀《せいき》を開く大河《たいが》となる」**（20㌻）と訴《うった》えます。

英オックスフォード大学のウィルソン社会学教授とは、今後、宗教《しゅうきょう》が担《にな》うべき使命《しめい》について意見《いけん》が交《か》わされました（79年1月）。

「清新《せいしん》」の章では、この対談《たいだん》の内容《ないよう》に触《ふ》れながら、**「宗教は、人間の幸福《こうふく》のために、社会の繁栄《はんえい》のために、世界《せかい》の平和《へいわ》のためにこそある」**（310㌻）と記されています。

さらに、宗教の比較《ひかく》・検証《けんしょう》のために、**「『人間を強《つよ》くするのか、弱《よわ》くするのか』『善《よ》くするのか、悪《わる》くするのか』『賢《かしこ》くするのか、愚《おろ》かにするのか』」**（321㌻）という尺度《しゃくど》が求《もと》められることに言及《げんきゅう》しています。ウィルソン教授とは宗教の在《あ》り方《かた》を巡《めぐ》って、対談が重《かさ》ねられました。

伸一は「一民間人《いちみんかんじん》」として、また人間主義の「仏法者」として、宗教や思想《しそう》の違《ちが》いを超《こ》えて、**「対話《たいわ》の橋《はし》」**（316㌻）を架《か》けてきました。この対話の道を真っすぐに進《すす》むことこそ、仏法者の使命です。

同章に、**「対話あってこそ、宗教は人間蘇生《そせい》の光彩《こうさい》を放《はな》ちながら、民衆《みんしゅう》のなかに生《い》き続《つづ》ける」**（315㌻）とあります。

社会はコロナ禍《か》という〝不確実性〟の中で、未来《みらい》を見通《みとお》すことができず、揺《ゆ》れ動《うご》いています。苦悩《くのう》する友の心《こころ》に寄《よ》り添《そ》い、語《かた》り合《あ》いながら、人間蘇生の光《ひかり》を放つ――この「創価の底力《そこぢから》」を、今こそ発揮《はっき》していきましょう。

# 名言集

## 女性《じょせい》の眼《まなこ》

生活者《せいかつしゃ》の視点《してん》に立つ女性《じょせい》の眼《まなこ》は、最《もっと》も的確《てきかく》に、その社会《しゃかい》の実像《じつぞう》をとらえる。

（「常楽《じょうらく》」の章、14ページ）

## 晩年《ばんねん》の実証《じっしょう》

晩年《ばんねん》における最高最大《さいこうさいだい》の信心《しんじん》の実証《じっしょう》とは何か――財力《ざいりょく》や地位《ちい》、名誉等《めいよとう》ではない。ありのままの人間《にんげん》としての人格《じんかく》の輝《かがや》きにある。

（「常楽」の章、86ページ）

## 永遠《えいえん》の栄《さか》え

いかなる団体《だんたい》であれ、〝基本《きほん》〟と〝精神《せいしん》〟の継承《けいしょう》は、永続《えいぞく》と発展《はってん》の生命線《せいめいせん》である。そのうえに、時代《じだい》に即応《そくおう》した知恵《ちえ》が発揮《はっき》され続《つづ》けていってこそ、永遠《えいえん》の栄《さか》えがある。

（「力走《りきそう》」の章、176ページ）

## 心《こころ》の魔《ま》

いかに困難《こんなん》であるかということばかりに目がゆき、現状《げんじょう》に甘《あま》んじて良《よ》しとしてしまう。それは、戦《たたか》わずして心《こころ》の魔《ま》に敗《やぶ》れてしまっていることになる。

（「清新《せいしん》」の章、241ページ）

## 決めて、祈《いの》って、動《うご》く

心《こころ》を定《さだ》め、祈《いの》って、動《うご》く――それを粘《ねば》り強《づよ》く、歓《かん》喜《き》をもって実践《じっせん》する。単純《たんじゅん》なことのようだが、これが、活動《かつどう》にあっても、人生《じんせい》にあっても、勝利《しょうり》への不《ふ》変《へん》の方程式《ほうていしき》なんです。

（「**清新《せいしん》**」の章、242ページ）

## 大人《おとな》の責任《せきにん》

物心両面《ぶっしんりょうめん》にわたって、子《こ》どもを守《まも》り育《そだ》てていくことは、大人《おとな》の責任《せきにん》であり、義務《ぎむ》である。

（「**源流《げんりゅう》**」の章、407ページ）

高知・南国文化会館で、〝未来の宝〟たちを激励する池田先生（1990 年 11 月）。第 29 巻では、1978 年 12 月の高知訪問の足跡がつづられている

「使命に生きる人の心には、常に晴れやかな虹がある」——インドを訪問した池田先生は、ニューデリーの大空に懸かる二つの虹を撮影した（1997 年 10 月）

# 『新・人間革命』

## 第30巻
〈上〉

「聖教新聞」連載
(2017年1月1日付〜11月1日付)

# 第30巻〈上〉

# 基礎資料編

## 各章のあらすじ

物語の時期

1979年（昭和54年）2月16日～81年6月

１９７９年（昭和54年）２月16日、インドを発《た》った山本伸一《やまもとしんいち》は香港《ホンコン》に到着《とうちゃく》。東南アジア代表者懇談会《こんだんかい》や香港文化祭に出席し、20日に帰国する。

３月上旬《じょうじゅん》、一人の副会長の宗門《しゅうもん》に対する無責任な発言が格好《かっこう》の攻《こう》撃《げき》材料となり、責任追及《ついきゅう》の矛先《ほこさき》が会長の伸一に向けられる。伸一は学会首脳《しゅのう》との会議で、会員を守るために、一切の責任を負《お》って総講頭を辞任し、さらに、世界広布の新しい流れを開くために会長の辞任を決断する。

４月24日、県長会で伸一の会長辞任が発表される。引き続き行われた総務会で、伸一は名誉会長となり、十条潔《じゅうじょうきよし》が会長になることが決まる。

# 「大山《たいざん》」の章

会長を辞任した伸一は、宗門僧《しゅうもんそう》らの画策《かくさく》によって、会合で指導することも、その指導を機関紙に掲《けい》載《さい》することも禁じられた。

５月３日、「七つの鐘《かね》」総仕上げ記念となる本部総会が、多数の宗門僧が出席し、重苦しい雰囲気《ふんいき》のなかで行われた。終了後《しゅうりょうご》、伸一は、場外で待っていた婦人たちを励《はげ》ます。さらに「大山《たいざん》」等と揮毫《きごう》し、神奈川文化会館へ。５日、後継《こうけい》の弟子への思いを筆《ふで》に込《こ》め、「正義」と認《したた》め、広宣流布の大道《だいどう》を進《すす》み抜《ぬ》くことを誓《ちか》う。

名誉会長になった山本伸一《やまもとしんいち》は、同志への励《はげ》ましに徹《てっ》し、さらに、世界平和への流れを開くために、各国の大使や識者らとの語らいに努《つと》める。1979年（昭和54年）8月には、世界41カ国・3地域のSGIメンバーが来日。伸一は、SGI会長として、神奈川文化会館での国際親善《しんぜん》友好の集《つど》いなどに出席し、メンバーを激励《げきれい》する。

20日、長野研修道場を初訪問《はつほうもん》。伸一は宗門《しゅうもん》の圧力がかかるなか、家庭訪問、個人指導の流れを起こし、佐久《さく》や小諸《こもろ》にも足を延《の》ばした。また、記念撮影《さつえい》を行うなど、知恵《ちえ》を絞《しぼ》り、全精魂《ぜんせいこん》を注《そそ》いで仏子《ぶっし》たる同志を励まし続ける。

SGIメンバーの歓迎風景（神奈川文化会館）

## 「雌《し》伏《ふく》」の章

1980年（同55年）1月、四国の同志が、大型客船「さんふらわあ7」号をチャーターし、伸一が待つ神奈川文化会館へ。2月には、鹿児島県の奄美大島《あまみおおしま》地域本部の女子部員たちが、東京・立川文化会館にいた伸一を訪《たず》ねてくる。師弟の魂《たましい》の絆《きずな》は、いかなる試練の烈風《れっぷう》にも、決して断《た》たれることはなかった。

伸一は、魔《ま》の暗雲《あんうん》を突《つ》き破《やぶ》り、再び学会が、広布の師弟の道を驀《ばく》進《しん》するために、「雌《し》伏《ふく》」の時を経《へ》て、遂《つい》に反転攻勢《こうせい》への決意を固める。

１９８０年（昭和55年）４月21日午後、山本伸一《やまもとしんいち》は、第５次訪中《ほうちゅう》を果たす。

29日、中国から九州の長崎に向かい、同志《どうし》の輪の中へ。反転攻勢《こうせい》の助走を開始し、広布《こうふ》の空へ「雄《ゆう》飛《ひ》」していく。

30日には福岡に移り、５月３日を関西で迎《むか》える。

さらに中部、静岡も訪問《ほうもん》し、何度となく勤行会を行う。長崎到着《とうちゃく》以来、計15万人を超《こ》える同志の激《げき》励《れい》となった。

７月には、聖教新聞紙上で「忘《わす》れ得《え》ぬ同志」の連載《れんさい》を開始。８月には休載中《きゅうさいちゅう》の小説『人間革命』の連載を再開する。

# 「雄《ゆう》飛《ひ》」の章

９月末、伸一は、北米指導に出発。ハワイ、サンフランシスコ、ワシントンＤＣ、シカゴと、激励に奔走《ほんそう》。10月17日、ロサンゼルスで「第１回ＳＧＩ総会」に出席する。

１９８１年（昭和56年）１月、北・中米指導に赴《おもむ》く。２月19日にはパナマ、26日にはメキシコを歴《れき》訪《ほう》。さらに５月、ソ連、欧州《おうしゅう》、北米訪問《ほうもん》へ。この頃、ソ連はアフガニスタン侵攻《しんこう》によって、国際的に厳《きび》しい状況《じょうきょう》にあった。伸一は、そんな時だからこそ、文化・教育交流に最大の力《ちから》を注《そそ》ごうと、チーホノフ首相との会見をはじめ、文化人と語らいを重ね、次の訪問地である欧州へ向かう。

# 「暁鐘《ぎょうしょう》」の章（前半）

1981年（昭和56年）5月16日、山本《やまもと》伸一《しんいち》は、ソ連から西ドイツに到着《とうちゃく》。

18日、フランクフルト会館でドイツ広布20周年の記念勤行会に臨《のぞ》み、同志《どうし》を激励《げきれい》する。

20日、伸一はブルガリアを初訪《はつほう》問《もん》。翌日《よくじつ》、国立ソフィア大学から、名誉教育学・社会学博士の学術称《しょう》号《ごう》を贈《おく》られ、講演を行う。23日、「平和の旗《はた》」の集《つど》いに出席する。

25日には、オーストリアに。20年前には、メンバーは誰《だれ》もいなかったが、26日に開かれた信心懇談会《しんじんこんだんかい》で、オーストリア本部が結成される。

イタリアに舞台《ぶたい》を移した伸一は、フィレンツェで、イタリアの創価《そうか》学会《がっかい》の目覚ましい発展《はってん》を祝福しながら、その担《にな》い手《て》である青年《せいねん》たちと懇談を重ねる。

さらにミラノに移動し、6月3日、スカラ座《ざ》のカルロ・マリア・バディーニ総裁《そうさい》を訪《たず》ねる。

5日には、フランスのマルセイユへ。

翌日、トレッツ市の欧州《おうしゅう》研修道場で、ヨーロッパ広布20周年を記《き》念《ねん》する夏季研修会などに出席。

10日、パリに向かい、ここでも要人や識者と対話《たいわ》を重ねる一方、寸暇《すんか》を惜《お》しんでメンバーと語らい、地下鉄のホームや車中で口述《こうじゅつ》を重ねて詩を作り、フランスの青年たちに贈る。

# 第１次宗門事件と師弟《してい》の絆《きずな》

## 四つの揮毫《きごう》

1979 年（昭和 54 年）５月３日、池田先生は筆《ふで》を執《と》り、「大山《たいざん》」「大桜《おおざくら》」と揮毫《きごう》する。「わが誓《ちか》いと、弟子《でし》たちへの思《おも》いを、書《しょ》として認《したた》めておきたかった」（116 ㌻）。同日夜には神奈川文化会館で「共戦《きょうせん》」、そして５日には「正義《せいぎ》」と認めた。

「わが友よ 嵐に不動の信心たれと祈りつつ」（脇書）

「わが友の功徳満開たれと祈りつつ」（脇書）

「生涯にわたり われ広布を 不動の心にて 決意あり 真実の同志あるを 信じつつ 合掌」（脇書）

「われ一人正義の旗持つ也」（脇書）

# われは立つ

「この同志《どうし》と共《とも》に、この同志のために、われは立つ！」（236ﾍﾟｰｼﾞ）――師《し》弟離間《ていりかん》の工作が進む中、池田先生は自《みずか》ら同志との絆《きずな》を強めていった。

長野研修道場を初訪問し、同志と記念のカメラに（1979年8月26日）

出港する愛媛の友を見送る（1980年5月20日、神奈川・横浜港で）

# 第５次訪中

1980年 4月 21日 ～ 29日

中国・北京大学で講演（1980年4月22日）

# 反転攻勢《はんてんこうせい》へ

「さあ、反転攻勢《はんてんこうせい》だ！　戦闘開始《せんとうかいし》だよ！」（266ﾍﾟｰｼﾞ）。1980 年（昭和 55 年）春、反転攻勢の助走が始まる。池田先生は、長崎から開始した激励行《げきれいこう》で 15 万人を超《こ》える友を励ました。

※訪問した府県
（写真は代表の地域）

長崎駅まで見送りに来た同志と語らう（1980 年 4 月 30 日）

駆け付けたメンバーを励ます（1980 年 5 月 1 日、九州文化会館〈当時〉で）

ピアノを弾き、皆に勇気を送る（1980 年 5 月 11 日、岐阜文化会館〈当時〉で）

関西文化会館での女子部部長会に出席し、激励（1980 年 5 月 5 日）

第30巻〈上〉

# 名場面編

## 「大山《たいざん》」の章　烈風《れっぷう》に勇《いさ》み立《た》つ師子《しし》であれ

**〈1979年（昭和54年）4月24日、東京《とうきょう》・新《しん》宿《じゅく》文化会館《ぶんかかいかん》で県長会《けんちょうかい》が開催《かいさい》された。席上《せきじょう》、山本《やまもと》伸一《しんいち》の会長辞任《かいちょうじにん》が伝《つた》えられるや、会場《かいじょう》に衝撃《しょうげき》が走《はし》った〉**

婦人《ふじん》の多くは、目を赤《あか》く腫《は》らしていた。虚《うつ》ろな目で天井《てんじょう》を見上《みあ》げる壮年《そうねん》もいた。怒《いか》りのこもった目で一点《いってん》を凝視《ぎょうし》し、ぎゅっと唇《くちびる》を噛《か》み締《し》める青年幹部《せいねんかんぶ》もいた。

その時、伸一が会場に姿《すがた》を現《あらわ》した。

「先生《せんせい》！」

いっせいに声《こえ》があがった。

彼《かれ》は、悠然《ゆうぜん》と歩《あゆ》みを運《はこ》びながら、大きな声で言った。

「ドラマだ！　面白《おもしろ》いじゃないか！　広宣流《こうせんる》布《ふ》は、波瀾万丈《はらんばんじょう》の戦《たたか》いだ」

皆《みな》と一緒《いっしょ》に題目《だいもく》を三唱《さんしょう》し、テーブルを前にして椅子《いす》に座《すわ》ると、参加者《さんかしゃ》の顔《かお》に視線《しせん》を注《そそ》いだ。

皆、固唾《かたず》をのんで、伸一の言葉《ことば》を待《ま》った。

「既《すで》に話《はなし》があった通《とお》りです。何も心配《しんぱい》はいりません。私は、私の立場《たちば》で戦《たたか》い続《つづ》けます。広宣流布の戦いに終わりなどない。私は、戸田《とだ》先生の弟子《でし》なんだから！」

彼は、烈風《れっぷう》に勇《いさ》み立《た》つ師子《しし》であった。創価《そうか》の師弟《してい》の誇《ほこ》りは、勇気《ゆうき》となって燃《も》え輝《かがや》く。

伸一は、力強《ちからづよ》い口調《くちょう》で語《かた》り始《はじ》めた。

「これからは、新会長を中心《ちゅうしん》に、みんなの力《ちから》で、新《あたら》しい学会《がっかい》を創《つく》っていくんだ。私は、じっと見守《みまも》っています。悲《かな》しむことなんか、何もないよ。壮大《そうだい》な船出《ふなで》なんだから」

会場から声があがった。

「先生！　辞《や》めないでください！」

すすり泣《な》きがもれた。それは次第《しだい》に大きくなっていった。号泣《ごうきゅう》する人もいた。

一人《ひとり》の壮年が立ち上がって尋《たず》ねた。

「今後《こんご》、先生《せんせい》は、どうなるのでしょうか」

「私は、私のままだ。何も変わらないよ。どんな立場《たちば》になろうが、地涌《じゆ》の使命《しめい》に生きる一人《ひとり》の人間《にんげん》として戦《たたか》うだけだ。広宣流布《こうせんるふ》に一身《いっしん》を捧《ささ》げられた戸田《とだ》先生の弟子《でし》だもの」

青年《せいねん》の幹部《かんぶ》が、自《みずか》らの思《おも》いを確認《かくにん》するように質問《しつもん》した。

「会長《かいちょう》を辞《や》められても、先生は、私たちの師《し》匠《しょう》ですよね」

「原理《げんり》は、これまでに、すべて教《おし》えてきたじゃないか！　青年は、こんなことでセンチメンタルになってはいけない。皆《みな》に、『さあ、新《あたら》しい時代《じだい》ですよ。頑張《がんば》りましょう』と言って、率先《そっせん》して励《はげ》ましていくんだ。恐《おそ》れるな！」

次々《つぎつぎ》に質問の手があがった。

「県長会《けんちょうかい》には出席《しゅっせき》していただけますか」（中略）

「新会長を中心《ちゅうしん》に、みんなでやっていくんだ。いつまでも私を頼《たよ》っていてはいけない」

（「大山《たいざん》」の章、74～76ページ）

## 「雌伏《しふく》」の章　智慧《ちえ》をわかして障壁《しょうへき》破《やぶ》れ

**〈山本伸一《やまもとしんいち》の会長辞任《かいちょうじにん》後《ご》、彼《かれ》が会合《かいごう》で指導《しどう》することも、その指導を機関紙《きかんし》に掲載《けいさい》することもできない状況《じょうきょう》がつくられていた。その中で、1980年（昭和55年）1月、四国《しこく》の同志《どうし》たちは大型客船《おおがたきゃくせん》をチャーターし、伸一を訪《たず》ねて神奈《かな》川文化会館《がわぶんかかいかん》へとやって来た〉**

伸一は、船《ふね》が港《みなと》に着《つ》くと、「さあ、皆《みな》で大歓《だいかん》迎《げい》しよう！」と言って、神奈川文化会館を飛《と》び出《だ》した。

四国の同志は、デッキに立った。

大桟橋《おおさんばし》の上には、「ようこそ神奈川へ」と書《か》かれた横幕《よこまく》が広《ひろ》げられている。埠頭《ふとう》で神奈川の有志《ゆうし》が奏《かな》でる四国の歌《うた》「我等《われら》の天地《てんち》」の調《しら》べが、力強《ちからづよ》く鳴《な》り響《ひび》く。そして、歓迎の演奏《えんそう》を続《つづ》ける人たちの前には、黒《くろ》いコートに身《み》を包《つつ》み、盛《さか》んに手を振《ふ》る伸一の姿《すがた》があった。

「先生《せんせい》！　先生！」

皆《みな》が口々《くちぐち》に叫《さけ》び、手を振り返《かえ》す。涙声《なみだごえ》の婦人《ふじん》もいる。伸一も叫ぶ。

「ようこそ！　待《ま》っていましたよ」

四国の同志がタラップを下《お》りてくると、出迎《でむか》えた神奈川の同志の大拍手《だいはくしゅ》に包まれた。（中略）

「みんな体調《たいちょう》は大丈夫《だいじょうぶ》かい。よく来たね。これで勝った！　二十一世紀《せいき》が見えたよ。君《きみ》たちが新《あたら》しい広布《こうふ》の突破口《とっぱこう》を開いたんだ」

信念《しんねん》の行動《こうどう》が新時代《しんじだい》の扉《とびら》を開《あ》ける。

伸一は、下船《げせん》してきた壮年《そうねん》たちを笑顔《えがお》で包み込《こ》み、肩《かた》を抱《いだ》き、握手《あくしゅ》を交《か》わし、励《はげ》ましの言葉《ことば》をかけていった。

「待っていたよ！　お会いできて嬉《うれ》しい。さあ、出発《しゅっぱつ》だ！」

彼《かれ》は、四国の同志の熱《あつ》き求道《きゅうどう》の心《こころ》が嬉しかった。その一念《いちねん》がある限《かぎ》り、広宣流布《こうせんるふ》に生きる創《そう》価《か》の師弟《してい》の精神《せいしん》は、永遠《えいえん》に脈打《みゃくう》ち続《つづ》けるから

だ。（中略）

「本当《ほんとう》に、船《ふね》でやって来るとはね。面白《おもしろ》いじゃないか。それだけでも皆《みな》が新《あら》たな気持《きも》ちになる。何事《なにごと》につけても、そうした工夫《くふう》が大事《だいじ》だよ。広宣流布《こうせんるふ》は智慧《ちえ》の勝負《しょうぶ》なんだ。

広布《こうふ》の道《みち》には、常《つね》にさまざまな障壁《しょうへき》が立ちふさがっている。それでも、自他共《じたとも》の幸《しあわ》せのために、平和《へいわ》のために、進《すす》まねばならない。たとえば、陸路《りくろ》を断《た》たれたら海路《かいろ》を、空路《くうろ》をと、次々《つぎつぎ》と新《あたら》しい手を考《かんが》え、前進《ぜんしん》を重《かさ》ねていくんだ。負《ま》けるわけにはいかないもの」（中略）

神奈川《かながわ》の同志《どうし》は、神奈川文化会館《ぶんかかいかん》の前でも、四国《しこく》からやって来た遠来《えんらい》の友《とも》を、温《あたた》かい大拍手《だいはくしゅ》で迎《むか》えた。そして、ひたすら師《し》を求《もと》める信心《しんじん》の息吹《いぶき》を分《わ》かち合《あ》ったのである。

四国の同志の一人《ひとり》が、叫《さけ》ぶように語《かた》った。

「弟子《でし》が師匠《ししょう》に会うこともできない。『先《せん》生《せい》！』と叫《さけ》ぶこともいけない――そんな話《はなし》に、おめおめと従《したが》うわけにはいきません！」

（「雌伏《しふく》」の章、202～206ページ）

## 「雄飛《ゆうひ》」の章　生命《せいめい》削《けず》る思《おも》いで連載《れんさい》を口述《こうじゅつ》

**〈1980年（昭和55年）8月、山本伸一《やまもとしんいち》は休《きゅう》載中《さいちゅう》だった小説《しょうせつ》『人間革命《にんげんかくめい》』の連載《れんさい》を再開《さいかい》。ある日、担当記者《たんとうきしゃ》が口述筆記《こうじゅつひっき》のため彼《かれ》を訪《たず》ねると、伸一は発熱《はつねつ》し、畳《たたみ》の上に横《よこ》になっていた〉**

伸一は、薄《うす》く目を開《あ》けると、仰向《あおむ》けになったまま言った。

「悪《わる》いけど、少《すこ》し寝《ね》かせてくれないか」

記者は、心配《しんぱい》そうな顔《かお》で横に座《すわ》った。

伸一は、時々《ときどき》、咳《せ》き込《こ》む。目も充血《じゅうけつ》している。〝こんな状態《じょうたい》で、果《は》たして口述をしていただけるのか……〟と記者は思《おも》った。

カチッ、カチッ、カチッと、時計《とけい》が時を刻《きざ》んでいく。十分ほどしたころ、伸一は、勢《いきお》いよく、バンと畳を叩《たた》き、体《からだ》を起《お》こした。

「さあ、始《はじ》めよう！　歴史《れきし》を残《のこ》そう。みんな、連載を楽《たの》しみにしているよ。喜《よろこ》んでくれる顔《かお》が、目に浮《う》かぶじゃないか。〝同志《どうし》のために〟と思うと、力《ちから》が出るんだよ」

伸一の周囲《しゅうい》には、小説の舞台《ぶたい》となる時代《じだい》の「聖教新聞《せいきょうしんぶん》」の縮刷版《しゅくさつばん》、メモ書《が》きした用紙《ようし》、参《さん》考書籍《こうしょせき》などが置《お》かれていた。伸一は、メモ用紙を手にすると、記者に言った。

「では、始めるよ！　準備《じゅんび》はいいかい」

口述が始まった。一声《ひとこえ》ごとに力がこもっていく。記者は、必死《ひっし》になって鉛筆《えんぴつ》を走《はし》らせる。しかし、伸一が文章《ぶんしょう》を紡《つむ》ぎ出す方《ほう》が速《はや》く、筆記が追《お》いついていかない。そこで記者の手の動《うご》きを見ながら口述していった。十五分ほど作業《さぎょう》を進《すす》めると、伸一は、咳き込み始めた。咳は治《おさ》まっても、息《いき》はゼイゼイしている。

「少し休《やす》ませてもらうよ」

彼は、また、畳の上に横になった。十分ほどして、記者の清書《せいしょ》が終《お》わるころ、呼吸《こきゅう》は少し楽《らく》になった。また、力を込めて、畳をバンと叩いて身《み》を起《お》こした。

「さあ、やろう！　みんなが待《ま》っているんだもの。学会員《がっかいいん》は、悔《くや》しさを堪《こら》えながら頑張《がんば》って

くれている。そう思《おも》うだけで、私は胸《むね》が熱《あつ》くなるんだよ。だから、同志《どうし》には、少《すこ》しでも元気《げんき》になってほしいんだ。勇気《ゆうき》を奮《ふる》い起こしてもらいたいんだよ」

再《ふたた》び口述《こうじゅつ》が始《はじ》まった。しかし、やはり十分か十五分ほどすると、体《からだ》を休《やす》めなければならなかった。

こうして原稿《げんこう》を作《つく》り、それを何度《なんど》も推敲《すいこう》する。さらにゲラにも直《なお》しを入れて、新聞掲載《しんぶんけいさい》となるのである。連載《れんさい》は、ひとたび開始《かいし》されれば、途中《とちゅう》で休むわけにはいかない。そこに新聞連載小説《しょうせつ》の過酷《かこく》さもある。伸一《しんいち》にとっては、まさに真剣勝負《しんけんしょうぶ》であり、生命《せいめい》を削《けず》る思いでの口述であった。（中略）

連載に対《たい》する反響《はんきょう》は大きかった。全会員《ぜんかいいん》の心《こころ》に、蘇生《そせい》の光《ひかり》を注《そそ》いだのである。

（「雄飛《ゆうひ》」の章、303～306ページ）

## 「暁鐘《ぎょうしょう》」の章　皆《みな》から信頼《しんらい》される〝大樹《たいじゅ》〟に

**〈1981年（昭和56年）6月、フランスのパリを訪《おとず》れた山本伸一《やまもとしんいち》は、青年《せいねん》たちに贈《おく》るために、地下鉄《ちかてつ》のホームや車中《しゃちゅう》で詩を口述《こうじゅつ》。電車《でんしゃ》に乗《の》り合《あ》わせたメンバーを励《はげ》ます〉**

彼《かれ》の瞼《まぶた》に、新世紀《しんせいき》の広布《こうふ》に生きる、凛々《りり》しき青年たちの雄姿《ゆうし》が浮《う》かんだ。

「新《あたら》しき世界《せかい》は
君達《きみたち》の
右手に慈悲《じひ》　左手に哲理《てつり》を持《も》ち
白馬《はくば》に乗りゆく姿《すがた》を
強《つよ》く待《ま》っている」

電車を乗り換《か》えてほどなく、伸一の口述は終《お》わった。（中略）

同行《どうこう》のメンバーが、走《はし》り書《が》きしたメモを急《いそ》いで清書《せいしょ》する。

彼は、それを見ながら、推敲《すいこう》し、ペンで直《なお》しを入れていく。

その時、「センセイ！」という声《こえ》がした。三人のフランス人の青年男女《だんじょ》が立っていた。数百キロ離《はな》れたブルターニュ地方《ちほう》から、パリ会館《かいかん》へ向かうところだという。

「ご苦労様《くろうさま》。遠《とお》くから来たんだね。長旅《ながたび》で疲《つか》れていないかい？」

青年を大切《たいせつ》にしたいという思《おも》いが、気遣《きづか》いの言葉《ことば》となった。

青年こそ希望《きぼう》であり、社会《しゃかい》の宝《たから》である。

三人の青年たちのうち、一人《ひとり》の女子部員《じょしぶいん》が口《くち》を開いた。

「私は一年前に信心《しんじん》を始《はじ》めました。私の住《す》む町《まち》では、信心をしているのは私だけです。座談《ざだん》会《かい》の会場《かいじょう》にいくにも数時間かかります。こんな状況《じょうきょう》のなかでも、地域《ちいき》に仏法理解《ぶっぽうりかい》の輪《わ》を広《ひろ》げていくことはできるのでしょうか」

すかさず、伸一は答《こた》えた。

「心配《しんぱい》ありません。あなたがいるではありませんか。

すべては一人《ひとり》から始まるんです。あなた自身《じしん》

が、その地域《ちいき》で、皆《みな》から慕《した》われる存在《そんざい》になっていくことです。

一本《ぽん》の大樹《たいじゅ》があれば、猛暑《もうしょ》の日には涼《りょう》を求《もと》めて、雨《あめ》の日には雨宿《あまやど》りをしようと、人びとが集《あつ》まってきます。

仏法《ぶっぽう》を持《たも》ったあなたが、大樹のように、皆から慕われ、信頼《しんらい》されていくことが、そのまま仏法への共感《きょうかん》となり、弘教《ぐきょう》へとつながっていきます。

自身を大樹に育《そだ》ててください。地域の立派《りっぱ》な大樹になってください」

電車《でんしゃ》がパリ会館《かいかん》のあるソー駅《えき》に着《つ》くころには、詩《し》はすべて完成《かんせい》した。

題名《だいめい》は「我《わ》が愛《あい》する妙法《みょうほう》のフランスの青年諸《せいねんしょ》君《くん》に贈《おく》る」とした。


（「暁鐘《ぎょうしょう》」の章、424〜427ページ）

# 第30巻〈上〉
# 御書編

# 宗門《しゅうもん》に潜《ひそ》む信徒《しんと》支配《しはい》の体質

御文

佐渡御書《さどごしょ》　御書957ジペー

外道《げどう》・悪人《あくにん》は如来《にょらい》の正法《しょうほう》を破《やぶ》りがたし仏弟子《ぶつでし》等《ら》・必《かなら》ず仏法《ぶっぽう》を破るべし師子《しし》身中《しんちゅう》の虫《むし》の師子を食《はむ》等《とう》云云《うんぬん》

通解

外道《げどう》や悪人《あくにん》によって、如来《にょらい》の正法《しょうほう》が破《やぶ》られることはない。仏弟子《ぶつでし》らによって必《かなら》ず仏法《ぶっぽう》は破られるのである。師子《しし》身中《しんちゅう》の虫《むし》が師子を食《は》むとはこのことである。

## 小説の場面から

伸一《しんいち》は、僧《そう》たちの信徒支配《しんとしはい》の意識《いしき》に潜《ひそ》む、恐《おそ》るべき魔性《ましょう》を感《かん》じていた。

初代会長《しょだいかいちょう》・牧口常三郎《まきぐちつねさぶろう》と、第二代《だいにだい》会長・戸田城聖《とだじょうせい》は、戦時中《せんじちゅう》、思想統制《しそうとうせい》が進《すす》み、宗門《しゅうもん》が神札《かみふだ》を容認《ようにん》した時、正法正義《しょうほうしょうぎ》を貫《つらぬ》き、軍部政府《ぐんぶせいふ》の弾圧《だんあつ》によって投《とう》獄《ごく》され、遂《つい》に牧口は殉教《じゅんきょう》した。その学会《がっかい》に、僧たちは登山禁止《とざんきんし》など、卑劣《ひれつ》な仕打《しう》ちを重《かさ》ねた。だが、それでもなお、戦後《せんご》、学会は広宣流布《こうせんるふ》の実現《じつげん》のためにと、宗門を外護《げご》して、赤誠《せきせい》を尽《つ》くしてきた。

日蓮大聖人《にちれんだいしょうにん》の末弟《まってい》を名乗《なの》る僧たちが、宗祖《しゅうそ》の御遺《ごゆい》命通《めいどお》りに死身弘法《ししんぐほう》の実践《じっせん》を重ねてきた学会を迫害《はくがい》する。およそ考《かんが》えがたい事態《じたい》が、創価教育学会《そうかきょういくがっかい》の時代《じだい》から続《つづ》いてきたのだ。

しかし、それも仏法《ぶっぽう》の眼《まなこ》を開けば、すべては明《あき》らかである。大聖人は、誰《だれ》が仏法を破壊《はかい》していくかに言及《げんきゅう》されている。

（中略）

仏法を誹謗《ひぼう》する外道《げどう》や悪人《あくにん》ではなく、仏弟子《ぶつでし》が仏法を破《やぶ》る働《はたら》きをなすというのだ。それは、経文《きょうもん》に「悪鬼入其身《あっきにゅうごしん》」とあるように、第六天《だいろくてん》の魔王《まおう》が僧の身《み》に入《はい》って、人びとを攪乱《かくらん》するゆえである。僧の姿《すがた》をした者《もの》が、大聖人の御精神《ごせいしん》を踏《ふ》みにじって、広宣流布を妨《さまた》げるのだ。戸田城聖の時代にも、学会は僧たちの理不尽《りふじん》な圧迫《あっぱく》に苦《くる》しめられた。

伸一は、かつて戸田が厳《きび》しく語《かた》っていたことを思《おも》い起《お》こしていた。

〝学会の存在《そんざい》なくして、広宣流布の伸展《しんてん》は断《だん》じてない。和合僧《わごうそう》たる学会を破ろうとすることは、要《よう》するに、広宣流布を妨害《ぼうがい》することではないか！〟

（「大山《たいざん》」の章、24～25㌻）

# 「行《ぎょう》」「学《がく》」は仏道修行の両輪《りょうりん》

**御文**

諸法実相抄《しょほうじっそうしょう》 御書1361ページ

行学《ぎょうがく》の二道《にどう》をはげみ候《そうろう》べし、行学たへ《絶》なば仏法《ぶっぽう》はあるべからず、我《われ》もいたし人をも教化候《きょうけそうら》へ、行学は信心《しんじん》よりをこるべく候《そうろう》、力《ちから》あらば一文一句《いちもんいっく》なりともかたらせ《談》給《たも》うべし

**通解**

行学《ぎょうがく》の二道《にどう》を励《はげ》んでいきなさい。行学が絶《た》えてしまえば仏法《ぶっぽう》はない。自分《じぶん》も行《おこな》い、人をも教化《きょうけ》していきなさい。行学は信心《しんじん》から起《お》こる。力《ちから》があるならば一文一句《いちもんいっく》であっても人に語《かた》っていきなさい。

## 小説の場面から

**〈1981年（昭和56年）1月、山本伸一《やまもとしんいち》はハワイを訪問《ほうもん》。第1回世界教学最高会議《せかいきょうがくさいこうかいぎ》で、御書《ごしょ》を拝《はい》して指導《しどう》した〉**

「『行《ぎょう》』とは、自行化他《じぎょうけた》にわたる実践《じっせん》であり、唱《しょう》題《だい》と折伏《しゃくぶく》のことです。『学《がく》』とは教学《きょうがく》の研鑽《けんさん》です。『行学《ぎょうがく》』に励《はげ》む人こそが、真《しん》の日蓮大聖人《にちれんだいしょうにん》の門下《もんか》です。そして、この二道《にどう》の絶《た》えざる実践がなければ、それは、もはや仏法《ぶっぽう》ではないと、大聖人は仰《おお》せなんです。このお言葉通《ことばどお》りに実践し、さまざまな難《なん》を受けながら、広宣流布《こうせんるふ》を進《すす》めてきたのは学会《がっかい》しかありません。この厳《げん》たる事実《じじつ》は、誰人《たれびと》も否定《ひてい》することはできない。

『行学』の二道は、信心《しんじん》から起《お》こる。『行学』を怠《おこた》っているということは、信心を失《うしな》っていることにほかならない。信心とは、いかなる脅《おど》し、迫害《はくがい》、誘惑《ゆうわく》にも絶対《ぜったい》に屈《くっ》せず、不退《ふたい》を貫《つらぬ》き、ひたぶるに御《ご》本尊《ほんぞん》を信受《しんじゅ》し、広宣流布に邁進《まいしん》していくことです。

『行』と『学』は、信心を機軸《きじく》にした車《くるま》の両輪《りょうりん》といえます。したがって、いくら知識《ちしき》としての教学に精通《せいつう》していったとしても、『行』という実践がなければ、片方《かたほう》の輪《わ》だけで進もうとするようなものであり、正《ただ》しい信心の軌道《きどう》から外《はず》れていかざるを得《え》ない。

（中略）

私たちは、いわゆる職業的仏教学者《しょくぎょうてきぶっきょうがくしゃ》になるために教学を研鑽するのではない。自身《じしん》の信心を深《ふか》め、一生成仏《いっしょうじょうぶつ》をめざすためであり、広宣流布推進《すいしん》のための教学であることを、あらためて確認《かくにん》しておきたいのであります」

（「雄飛《ゆうひ》」の章、320～321ﾍﾟｰ）

# 私の読後感
# 識者が語る

帝塚山学院大学
川上　与志夫　名誉教授

## 試練を「雄飛《ゆうひ》」の原動力に

小説に描《えが》かれる「宿命転換《しゅくめいてんかん》」のドラマに、多くの読者は勇気づけられました。私もその一人《ひとり》です。表面上は豊かで楽しそうに見えても、誰《だれ》もが苦しみや悲しみを抱《かか》えているものです。しかし、苦悩《くのう》があるからこそ、新しい活路《かつろ》を見いだすことができると小説は教えています。

第30巻〈上〉は、「大山《たいざん》」「雌伏《しふく》」「雄飛《ゆうひ》」「暁鐘《ぎょうしょう》」の四つの章で構成されています。それはまるで、山《やま》本伸一《もとしんいち》の人生《じんせい》を象徴《しょうちょう》しているかのようです。

小説では、「大山」のように成長した創価学会に、苦難《くなん》の嵐《あらし》が巻《ま》き起《お》こります。伸一は会員を守ろうと、会長を辞任《じにん》し、名誉会長となります。そして、「雌伏」の時に、彼は功労者の家庭を訪問《ほうもん》し、会員たちを次々と激励《げきれい》します。その行動が同志を勇気づけ、喜びの波動《はどう》が各地に広がっていく。すると今度は、伸一を求める民衆《みんしゅう》の思いが爆発《ばくはつ》する。伸一は再び広布《こうふ》の舞台《ぶたい》へと「雄飛」し、平和《へいわ》の夜明《よあ》けを告《つ》げる、「暁鐘」を打ち鳴らして旅立っていきます。

人生には、順風満帆《じゅんぷうまんぱん》な時期もあれば、「雌伏」の時もあります。その時に、どう行動するか——。山本伸一の姿《すがた》から試練に打ち勝つために大切なことを数多く学ぶことができます。

中世の宗教改革者《しゅうきょうかいかくしゃ》であるマルチン・ルターもまた、迫害を経験しました。「暁鐘」の章（前半）でも記されていますが、16世紀初め、ルターは、堕落《だらく》したカトリック教会のあり方《かた》に疑問《ぎもん》を抱《いだ》き、抗議《こうぎ》の声を上げます。しかし、彼は追放されてしまい、貴族《きぞく》にかくまわれ、「雌伏《しふく》」の時を強《し》いられるのです。

ルターは、その時、新約聖書《しんやくせいしょ》のドイツ語翻訳《ほんやく》に取り組みます。当時、聖書はラテン語で書かれており、聖職者《せいしょくしゃ》しか読めませんでした。民衆の言葉であるドイツ語に翻訳されたことで、誰もが聖書を読み、理解できるようになりました。このことが民衆による新たな宗教《しゅうきょう》の誕生《たんじょう》へとつながっていくのです。

「不易流行《ふえきりゅうこう》」という言葉があります。伝統を大切にしながら、新しいものを取り入れていく姿勢《しせい》のことです。日蓮仏法《にちれんぶっぽう》を現代に即《そく》して展開《てんかい》し、世界へと広めてきた伸一《しんいち》の行動は、日々、自己《じこ》を変革《へんかく》し、成長を続けていく中にこそ、創価学会の進歩はあることを示しています。それが、小説で一貫《いっかん》してつづられていることではないでしょうか。

池田先生は名誉会長となった後も、各地の同志を激励し続ける。創価の師弟を分断させようとする烈風の中、新たな闘争に決然と立ち上がった（1980年5月、関西文化会館で）

**かわかみ・よしお**

1960年、国際基督教大学卒業。大阪女学院、神戸女学院を経て、帝塚山学院大学で教える。同大学名誉教授。アメリカ先住民居留地に住み込み、伝統文化を踏査。日本クリスチャン・ペンクラブ所属。著書に『しあわせの居場所』（アートヴィレッジ）など。

ここにフォーカス

# 東京の新たな〝凱歌《がいか》の行進〟

1979年（昭和54年）、反逆者や宗門僧《しゅうもんそう》らによる師弟分断の謀略《ぼうりゃく》の嵐《あらし》が吹《ふ》き荒《あ》れます。池田先生が会長を辞任《じにん》すると、会合で指導することや、その指導を聖教新聞で掲載《けいさい》することができない状況《じょうきょう》がつくられていきました。

しかし、先生は個人指導に力《ちから》を注《そそ》ぎ、揮毫《きごう》をし、和歌を詠《よ》み、ピアノを弾《ひ》いて同志に励《はげ》ましを送ります。いかに行動を制約されようとも、先生の広宣流布《こうせんるふ》の戦《たたか》いは決してとどまることはありませんでした。

同年11月16日、先生は、豊島区の東京戸田記念講堂で開催《かいさい》された本部幹部会に途中《とちゅう》から入場します。そこで、会長辞任後、初めての学会歌の指揮《しき》を執《と》ります。「威風堂々《いふうどうどう》の歌」の勇壮《ゆうそう》な調べが流れる中、心で叫《さけ》びます――〝大東京よ、立ち上がれ！　全同志よ、立ち上がれ！〟。師匠の力《ちから》強い指揮と、参加者の歌声はピタリと合い、会場は一つになりました。この日、東京の新たな〝凱歌《がいか》の行進〟が開始されたのです。

「雌伏《しふく》」の章には、「戦いは智慧《ちえ》である。工夫《くふう》である。創造《そうぞう》である。どんなに動《うご》きを封《ふう》じられようが、広宣流布への不屈《ふくつ》の一念《いちねん》があれば、前進《ぜんしん》の道《みち》が断《た》たれることはない」とあります。どのような状況にあっても、以信代《いしんだい》慧《え》の智慧を湧《わ》き上がらせ、全国・全世界に勝利の凱歌《がいか》を轟《とどろ》かせていくのが、世界広布の本陣《ほんじん》・東京の使命です。

# 第30巻〈上〉

# 解説編

紙上講座

# 池田博正 主任副会長

**ポイント**

**① 皆《みな》が伸一《しんいち》の自覚《じかく》で**
**② 本陣《ほんじん》・東京《とうきょう》への激励《げきれい》**
**③ 智慧《ちえ》と勇気《ゆうき》の闘争《とうそう》**

小説『新・人間革命』の最終巻となる第30巻は上・下巻にわたり、「大山《たいざん》」「雌伏《しふく》」「雄飛《ゆうひ》」「暁鐘《ぎょうしょう》」「勝ち鬨《どき》」「誓願《せいがん》」の全6章で構成《こうせい》されています。

最初の「大山」の章は、1979年（昭和54年）が舞台《ぶたい》です。第1次宗門《しゅうもん》事件《じけん》の、山本伸一《やまもとしんいち》の真情《しんじょう》とともに、5月3日・5日に認《したた》められた、「大山」「大《おお》桜《ざくら》」「共戦《きょうせん》」「正義《せいぎ》」の四つの揮毫《きごう》についてつづられます。

これらの揮毫が公表されたのは、後年になってからです。

「正義」は25年後（2004年10月）、「共戦」は30年後（2009年4月）でした。

「大山」「大桜」は、2010年（平成22年）6月の本部幹部会《ほんぶかんぶかい》で紹介《しょうかい》されました。同幹部会は、池田門《もん》下《か》にとって、一つの大きな節目《ふしめ》でした。

池田先生が出席されず、**「君たちに万事《ばんじ》を託《たく》していく総仕上《そうしあ》げの『時』を迎《むか》えている」**とのメッセージとともに、二つの揮毫が初公開されたのです。

「大山」は、脇書《わきがき》に「わが友よ　嵐《あらし》に不動《ふどう》の信心《しんじん》たれと祈《いの》りつつ」と記《しる》され、**「いかなる烈風《れっぷう》にも、大山**

**動画で見る**
セイキョウムービー（5分40秒）

**のごとく不動《ふどう》であらねばならない」**（118ページ）との創価《そうか》の魂《たましい》が脈打《みゃくう》っています。

「大桜《おおざくら》」は、脇書《わきがき》に「わが友《とも》の功徳満開《くどくまんかい》たれと祈《いの》りつつ」とあり、**「どんな厳《きび》しい試練《しれん》にさらされようが、仏法《ぶっぽう》の因果《いんが》は厳然《げんぜん》である。全同志《ぜんどうし》よ！　胸《むね》に創《そう》価《か》の『大桜』をいだいて進《すす》むのだ」**（119ページ）との思《おも》いが込《こ》められています。

「大山《たいざん》」の章で、伸一《しんいち》は訴《うった》えます。

**「弟子《でし》が本当《ほんとう》に勝負《しょうぶ》すべきは、日々《ひび》、師匠《ししょう》に指導《しどう》を受けながら戦《たたか》っている時ではない。それは、いわば訓練期間《くんれんきかん》だ。師が、直接《ちょくせつ》、指揮《しき》を執《と》らなくなった時こそが勝負だ」**（85ページ）、**「私に代《か》わって、さっそうと立ち上がるんだ！　皆《みな》が〝伸一《しんいち》〟になるんだ！」**（86ページ）。

「山本伸一《やまもとしんいち》」の自覚《じかく》で立ち上がるのは、「今この時」をおいてほかにありません。一人《ひとり》一人が「大山」のごとき不動の信心《しんじん》で、広布勝利《こうふしょうり》の「大桜」を咲《さ》かせていく時です。

## 連載時《れんさいじ》の状況《じょうきょう》

「雌伏《しふく》」の章の連載《れんさい》は、２０１７年（平成29年）３月から6月にかけてでした。この時期、池田先生は、東京《とうきょう》の各地《かくち》を訪《おとず》れています。

３月には、新宿《しんじゅく》の大久保《おおくぼ》・新宿若松《わかまつ》・新宿平和会《へいわかい》館《かん》の、３会館を視察《しさつ》。4月には、立川文化会館《たちかわぶんかかいかん》と豊《と》島《しま》の東京戸田記念講堂《とだきねんこうどう》を訪問《ほうもん》します。さらに、６月は、荒川《あらかわ》文化会館、中野南《なかのみなみ》文化会館に足を運《はこ》びます。

また同章では、東京を舞台《ぶたい》にした伸一の激励行《げきれいこう》が描《えが》かれています。

１９７９年（昭和54年）、第3代会長《かいちょう》を辞任《じにん》した彼《かれ》が、9月に30軒目《けんめ》となる個人指導《こじんしどう》に訪《おとず》れたのは、狛《こま》江《え》でした。隣接《りんせつ》する調布《ちょうふ》への期待《きたい》も記《しる》されています。同年12月には、荒川を訪問《ほうもん》。足立《あだち》にも思いをはせます。翌年2月には、目黒《めぐろ》平和会館で同志《どうし》を励《はげ》まします。

79年11月、東京戸田記念講堂で行《おこな》われた本部幹部会《かい》で、伸一《しんいち》は会長辞任後初《かいちょうじにんごはじ》めて、学会歌《がっかいか》の指揮《しき》を執《と》ります。**「大東京《だいとうきょう》よ、立ち上がれ！　全同志《ぜんどうし》よ、立ち上がれ！」**（169㌻）――指揮を通《とお》して、東京をはじめとした全同志に勇気《ゆうき》を送《おく》りました。

この場面《ばめん》が掲載《けいさい》されたのは、２０１７年（平成29年）4月26日です。この日、池田先生は、東京戸田記念《とだきねん》講堂《こうどう》に、66回目となる足跡《そくせき》をとどめられています。先生は初代会長《しょだいかいちょう》・牧口《まきぐち》先生、第2代会長・戸田先生の肖像《しょうぞう》が掲《かか》げられた講堂で、対話拡大《たいわかくだい》に力走《りきそう》する総東京をはじめ、全国《ぜんこく》の同志の勝利《しょうり》と幸福《こうふく》、健康《けんこう》・無《む》事故《じこ》を深《ふか》く祈念《きねん》されました。

「雌伏《しふく》」の章には、**「『仏法《ぶっぽう》は勝負《しょうぶ》』である。ゆえに、広宣流布《こうせんるふ》の戦《たたか》いは、いかなる逆境《ぎゃっきょう》が打《う》ち続《つづ》こうが、断固《だんこ》として勝つことを宿命《しゅくめい》づけられている」**（170㌻）と書かれています。

「仏法は勝負」との一念《いちねん》に徹《てっ》し、不可能《ふかのう》の壁《かべ》を破《やぶ》って広布《こうふ》の勝利を収《おさ》める――それが、本陣《ほんじん》・東京の責務《せきむ》です。

## 学会創立《そうりつ》１００周年へ

今月（２０２１年6月）6日、6・6「欧州師弟《おうしゅうしてい》の日」40周年を記念する「欧州誓願《せいがん》総会」が行われました。30カ国を超《こ》える欧州の友《とも》が参加《さんか》し、「歓喜《かんき》の歌《うた》」のハーモニーが、日本をはじめ、世界《せかい》の同志に希望《きぼう》を送りました。「欧州師弟の日」の淵源《えんげん》は、１９８１年（昭和56年）6月6日にさかのぼります。伸一は、牧口先生の生誕《せいたん》の日に、欧州研修道場《けんしゅうどうじょう》で開催《かいさい》された夏季《かき》研修会に出席《しゅっせき》し、こう提案《ていあん》します。**「この意義深《いぎぶか》き日を、『欧州の日』と定《さだ》め、毎年《まいとし》、この日を節《ふし》として、互《たが》いに前進《ぜんしん》を誓《ちか》い合《あ》う記念日としてはどうか」**（410㌻）

81年は、1月から3月にかけての北《ほく》・中米訪問《ちゅうべいほうもん》、5月から7月までのソ連《れん》・欧州・北米訪問と、伸一が世界各地を回《まわ》り、激励《げきれい》を重《かさ》ねた年でした。

「雄飛《ゆうひ》」の章では、この年が**「反転攻勢《はんてんこうせい》を決《けっ》する年」**（318㌻）であり、**「いよいよ全世界の同志と共《とも》に世界へ**

**打《う》って出《で》て、本格的《ほんかくてき》に広宣流布《こうせんるふ》の指揮《しき》を執《と》らねばならない」**（318ページ）と、伸一《しんいち》の思《おも》いがつづられています。

1981年（昭和56年）5月、伸一は「トルストイの家」（旧ソ連《れん》）や「ゲーテの家」（旧西ドイツ）に足を運《はこ》びます。伸一は、文豪《ぶんごう》たちが生涯《しょうがい》、執筆《しっぴつ》を続《つづ》けたことに思いをはせ、自身《じしん》は53歳であることから、**「人生《じんせい》の本格的《ほんかくてき》な闘争《とうそう》は、いよいよこれから」**（357ページ）と、命《いのち》ある限《かぎ》り行動《こうどう》し、ペンを執り続ける決意《けつい》をみなぎらせます。

79年4月の第3代会長辞任《かいちょうじにん》後《ご》、伸一の行動が聖教《せいきょう》新聞《しんぶん》に報道《ほうどう》されることは、わずかでした。反逆者《はんぎゃくしゃ》や宗《しゅう》門《もん》の画策《かくさく》によって、会合《かいごう》で指導《しどう》したり、その指導を機関紙《きかんし》に掲載《けいさい》したりできない状況《じょうきょう》が続いていました。

しかし、80年4月30日、伸一の長崎《ながさき》での激励《げきれい》等の記《き》事《じ》が聖教1面に掲載《けいさい》されます。その後、7月に聖教新聞で伸一執筆の「忘《わす》れ得《え》ぬ同志《どうし》」が開始《かいし》となり、8月には小説《しょうせつ》『人間革命《にんげんかくめい》』第11巻の連載《れんさい》が2年ぶりに再《さい》開《かい》されます。アメリカ広布《こうふ》20周年《しゅうねん》を記念《きねん》する諸行事《しょぎょうじ》に出席《しゅっせき》した秋の訪米《ほうべい》では、伸一の写真《しゃしん》が聖教新聞を飾《かざ》り、81年の海外《かいがい》指導でも、彼《かれ》の激励の模様《もよう》が掲載されます。SGI会長として、伸一は海外から日本の友に、聖教新聞を通《とお》して勇気《ゆうき》を送《おく》りました。

**「どんなに動《うご》きを拘束《こうそく》され、封《ふう》じ込《こ》められようが、戦《たたか》いの道《みち》はある。智慧《ちえ》と勇気の闘争《とうそう》だ」**（140ページ）——伸一は、最愛《さいあい》の同志を鼓舞《こぶ》するため、「智慧と勇気の闘争」を貫《つらぬ》いたのです。

80年11月18日、学会創立《がっかいそうりつ》50周年を慶祝《けいしゅく》する式典《しきてん》で、伸一は師子吼《ししく》します。

**「今日《きょう》よりは、創立《そうりつ》百周年をめざして、世界《せかい》の平和《へいわ》と文化《ぶんか》、広布のために、心新《こころあら》たに大前進《だいぜんしん》してまいろうではありませんか！」**（317ページ）

学会創立100周年への初陣《ういじん》となる本年（2021年）を、池田門下《もんか》の「智慧と勇気の闘争」で勝《か》ち開いていきましょう。

# 名言集

## 真《しん》の弟子《でし》

弟子《でし》のために道《みち》を開くのが師《し》である。そして、その師が開いた道を大きく広《ひろ》げ、延《の》ばしていってこそ、真《しん》の弟子なのである。

（「大山《たいざん》」の章、71ページ）

## 軌道《きどう》を進《すす》む

何があろうが、広宣流布《こうせんるふ》の軌道《きどう》を外《はず》さず、自《みずか》ら定《さだ》めたことを、日々《ひび》、黙々《もくもく》と実行《じっこう》していく――まさに太陽《たいよう》の運行《うんこう》のごとき前進《ぜんしん》のなかにこそ、人生《じんせい》の栄光《えいこう》も広布《こうふ》の勝利《しょうり》もある。

（「雌伏《しふく》」の章、126ページ）

## 永遠《えいえん》の黄金則《おうごんそく》

何があろうが、〝広宣流布《こうせんるふ》のために心《こころ》を合《あ》わせ、団《だん》結《けつ》していこう〟という一念《いちねん》で、異体同心《いたいどうしん》の信心《しんじん》で進むことこそが私たちの鉄則《てっそく》です。いや、学会《がっかい》の永遠《えいえん》の〝黄金則《おうごんそく》〟です。

（「雌伏」の章、178ページ）

## 「万《まん》」の「力《ちから》」

「励《はげ》ます」という字《じ》は「万《まん》」に「力《ちから》」と書《か》く。全力《ぜんりょく》を注《そそ》ぎ込《こ》んでこそ、同志《どうし》の魂《たましい》を揺《ゆ》り動《うご》かす激励《げきれい》となるのだ。

（「雄飛《ゆうひ》」の章、289ページ）

## 仏法者《ぶっぽうしゃ》の運動《うんどう》

どんな体制《たいせい》の社会《しゃかい》であろうが、そこに厳《げん》として存《そん》在《ざい》する一人《ひとり》ひとりの人間《にんげん》に光《ひかり》を当《あ》てることから、私たち仏法者《ぶっぽうしゃ》の運動《うんどう》は始《はじ》まります。

（「暁鐘《ぎょうしょう》」の章、352ページ）

ドイツ・フランクフルトで行われた信心懇談会
（1981 年 5 月）

神奈川文化会館から横浜港を望む（1982 年 1 月、池田先生撮影）。第 30 巻〈上〉では、山本伸一が同会館を何度も訪れ、同志に励ましを送る場面が描かれる

# 『新・人間革命』

## 第30巻
〈下〉

「聖教新聞」連載
(2017年11月2日付～2018年9月8日付)

第30巻〈下〉

# 基礎資料編

各章のあらすじ

物語の時期

1981年（昭和56年）6月16日～2001年（平成13年）11月12日

1981年（昭和56年）6月16日、山本伸一《やまもとしんいち》の平和旅は、フランスからアメリカへ。ニューヨーク会館やホイットマンの生家《せいか》などを訪問《ほうもん》。20日の日米親善交歓会《しんぜんこうかんかい》では、伸一がつくった詩「我《わ》が愛するアメリカの地涌《じゆ》の若人《わこうど》に贈《おく》る」が発表される。

# 「暁鐘《ぎょうしょう》」の章（後半）

21日、カナダのトロントへ。翌日《よくじつ》のカナダ広布20周年記念総会では、一人立つことの大切さを訴《うった》える。滞在中《たいざいちゅう》、文化交歓会に臨《のぞ》み、トロント会館等を訪問。再びアメリカへ。

28日にはシカゴで盛大《せいだい》に開催《かいさい》された第1回世界平和文化祭に出席。また7月1日、世界芸術文化アカデミーは、伸一に「桂冠詩人《けいかんしじん》」の称号授与《しょうごうじゅよ》を決定する。

伸一は8日に帰国。間断《かんだん》なき激闘《げきとう》によって、世界広布の新章節の旭日《きょくじつ》が昇《のぼ》り始め、〝凱歌《がいか》の時代〟の暁鐘《ぎょうしょう》は、高らかに鳴《な》り渡《わた》った。

山本伸一《やまもとしんいち》は7月、結成30周年記念の青年部総会に祝電《しゅくでん》を送るなど、新時代を担《にな》う青年の育成に力《ちから》を注《そそ》ぐ。18日、会長の十条潔が急逝《きゅうせい》し、第5代会長に秋月英介が就任《しゅうにん》する。

11月、伸一は四国を訪《おとず》れ、10日の「香川の日」記念幹部会で「もう一度、指揮《しき》を執《と》らせていただきます！」と宣言《せんげん》。本格的な反転攻《はんてんこう》勢《せい》が開始される。また、四国男子部の要請《ようせい》を受け、二十数回にわたって新愛唱歌に筆を入れる。14日、男子部の「紅《くれない》の歌」が完成する。

12月8日、大分指導を開始。宗《しゅう》門《もん》事件の震源地《しんげんち》・別府を訪れたあと、大分平和会館へ。10日、伸一は、夜の県青年部幹部会で詩「青年よ　21世紀の広布の山を登れ」を発表するために全精魂《ぜんせいこん》を注《そそ》いで

# 「勝《か》ち鬨《どき》」の章

口述《こうじゅつ》。直前まで推敲《すいこう》を重ね、21世紀への新たな指針《ししん》が、大分の地から全国に発信される。

伸一は12日、宗門事件で苦しんできた大分県竹田《たけた》へ。岡城の本丸跡《ほんまるあと》に集《つど》った友と写真撮影《さつえい》し、「荒城《こうじょう》の月」を大合唱する。その後、熊本に移り、阿蘇《あそ》の白菊講堂《しらぎくこうどう》を初訪問《はつほうもん》。15日、熊本文化会館での自由勤行会に参加した友と、会館近くの公園で記念撮影し、「田原坂《たばるざか》」を高らかに合唱する。

1982年（昭和57年）1月10日には、宗門から激《はげ》しい迫害《はくがい》を受けてきた秋田へ。伸一は秋田でも自由勤行会を開催《かいさい》する。雪の降《ふ》りしきる中、秋田文化会館前の公園に記念撮影のために集った同志《どうし》と共に、「人間革命の歌」を熱唱。民衆勝利《みんしゅうしょうり》の宣《せん》言《げん》ともいうべき「勝《か》ち鬨《どき》」が轟《とどろ》く。

1982年(昭和57年)3月22日、山本伸一《やまもとしんいち》は第1回関西青年平和文化祭に出席。その後、平和文化祭は、中部、さらには全国各地で行われていくことになる。6月には、国連本部で「現代世界の核《かく》の脅威《きょうい》」展《てん》を開催《かいさい》するなど、本格的な平和運動が展開《てんかい》されていく。83年8月には、伸一に「国連平和賞」が贈《おく》られる。

84年2月、ブラジルを訪問《ほうもん》した伸一は、大文化祭等に出席し、ペルーへ。

87年2月にはドミニカ共和国、パナマも訪《おとず》れる。

また、各国首脳《かっこくしゅのう》と対話を重ね、90年(平成2年)7月の第5次訪《ほう》ソでは、ゴルバチョフ大統領と会談。10月には、アフリカ民族会議のマンデラ副議長を聖教新聞社に迎《むか》え、会見する。さらに、世界の指導者、識者、また、国内をはじめ、世界各地の創価の同志に次々と詩を詠《よ》み、贈る。

日顕《にっけん》ら宗門《しゅうもん》は、伸一と会員を離《り》間《かん》し、学会を破壊《はかい》しようとする陰《いん》謀《ぼう》を実行に移す。伸一がベートーベンの「第九」をドイツ語でも歌おうと提案したこと等を、外道礼《げどうらい》讃《さん》、謗法《ほうぼう》と批判《ひはん》。12月末、宗規《しゅうき》改正を理由に、伸一や学会首脳幹部らの法華講《ほっけこう》総講頭・大講頭の資格を剥奪《はくだつ》する。

さらに、学会の組織を切《き》り崩《くず》そ

## 「誓願《せいがん》」の章

うと、「檀徒《だんと》づくり」を公式方針《ほうしん》として打ち出し、「破和合僧《はわごうそう》」の大重《だいじゅう》罪《ざい》を犯《おか》す。また、信徒蔑視《しんとべっし》、教条《きょうじょう》主義《しゅぎ》、権威《けんい》主義を露骨《ろこつ》にし、日蓮《にちれん》大聖人《だいしょうにん》の仏法の教義と精神から大きく逸脱《いつだつ》していった。

宗門《しゅうもん》は91年（平成3年）11月28日付で、学会本部に「創価学会破門通告書」を送る。その日は、広宣流布の前進を妨《さまた》げ、〝日顕宗《にっけんしゅう》〟と化した宗門からの〝魂《たましい》の独立記念日〟となった。

伸一は、92年、アジア、欧州《おうしゅう》等を訪問。翌年には、北・南米を回り、〝人権《じんけん》の母〟ローザ・パークスやブラジル文学アカデミーのアタイデ総裁《そうさい》らと対談する。また、ア

ルゼンチン、パラグアイ、チリを初訪問。

95年にはネパール、96年にはキューバを訪問し、国家評議会のカストロ議長と会見。次の訪問国・コスタリカで、歴訪《れきほう》は54カ国・地域になった。

2001年5月3日には、待望《たいぼう》のアメリカ創価大学が開学する。

11月、創立《そうりつ》記念日を祝賀し、男子部・女子部結成50周年記念の意義を込《こ》めた本部幹部会で伸一は、「創価の三代の師弟の魂《たましい》」を受《う》け継《つ》ぐよう、後継《こうけい》の青年たちに託《たく》す。学会は新世紀を迎え、第2の「七つの鐘《かね》」に向かい、地涌《じゆ》の大前進を開始していく。

# 山本伸一の海外訪問

## 1981年 1 ～ 3 月、5 ～ 7 月

## ブルガリア

ブルガリアの名門・ソフィア大学で
記念講演を行う（1981 年 5 月）

## メキシコ

未来部員に励ましを送る
（1981 年 3 月、メキシコ市で）

## カナダ

世界的に有名なカナダのナイアガラの滝を見学
（1981 年 6 月）

## アメリカ

米ロングアイランドにある詩人ホイットマンの生家を訪問（1981年6月）

# 師弟の「勝《か》ち鬨《どき》」

大分・竹田の岡城址で、同志と「荒城の月」を合唱（1981 年 12 月）

香川・四国研修道場を訪問（1981 年 11 月）。この四国指導の折、「紅の歌」が誕生した

1982 年 3 月第 1 回関西青年平和文化祭（大阪・長居陸上競技場〈当時〉で）

雪に包まれる秋田を訪れ、路上で何度も車を止め、友を激励（1982 年 1 月）

# 世界平和への貢献《こうけん》

国連平和賞を受賞し、明石事務次長（当時）から感謝状とメダルが贈られた（1983年8月、都内で）

「核兵器——現代世界の脅威」展の開幕式に出席（1987 年 5 月、ソ連のモスクワで）

# 識者との語らい

キューバのフィデル・カストロ国家評議会議長（当時）を表敬訪問（1996 年 6 月）

ゴルバチョフ氏と和やかに語らう（1993 年 4 月、東京・八王子市の創価大学で）

# 第30巻〈下〉名場面編

「勝《か》ち鬨《どき》」の章

# 雪空《ゆきぞら》に轟《とどろ》く民衆勝利《みんしゅうしょうり》の凱歌《がいか》

**〈1982年（昭和57年）1月、山本伸一《やまもとしんいち》は、秋田《あきた》へ。13日、秋田文化会館前《ぶんかかいかんまえ》の公園《こうえん》で雪《ゆき》の中《なか》、記念撮影《きねんさつえい》に臨《のぞ》む。この数年《すうねん》、同志《どうし》は宗門《しゅうもん》からの迫害《はくがい》にじっと耐《た》えてきた〉**

悪僧《あくそう》たちは、葬儀《そうぎ》の出席《しゅっせき》と引《ひ》き換《か》えに脱会《だっかい》を迫《せま》るというのが常套手段《じょうとうしゅだん》であった。また、信心《しんじん》をしていない親戚縁者《しんせきえんじゃ》も参列《さんれつ》している葬儀で、延々《えんえん》と学会《がっかい》への悪口《あっこう》、中傷《ちゅうしょう》を繰《く》り返《かえ》してきた。揚《あ》げ句《く》の果《は》ては、「故人《こじん》は成仏《じょうぶつ》していない！」と非道《ひどう》な言葉《ことば》を浴《あ》びせもした。人間《にんげん》とは思《おも》えぬ、冷酷無残《れいこくむざん》な、卑劣《ひれつ》な所業《しょぎょう》であった。

そうした圧迫《あっぱく》に耐《た》え、はねのけて、今、伸一と共《とも》に二十一世紀《せいき》への旅立《たびだ》ちを迎《むか》える宝友《ともの》の胸《むね》には、「遂《つい》に春《はる》が来た！」との喜《よろこ》びが、ふつふつと込《こ》み上《あ》げてくるのである。

伸一が、白《しろ》いアノラックに身《み》を包《つつ》んで、雪の中に姿《すがた》を現《あらわ》した。気温《きおん》は氷点下《ひょうてんか》二・二度《ど》である。集《つど》った約《やく》千五百人の同志から大歓声《だいかんせい》があがり、拍手《はくしゅ》が広《ひろ》がった。

彼《かれ》は、準備《じゅんび》されていた演台《えんだい》に上がり、マイクを手にした。

「雪のなか、大変《たいへん》にお疲《つか》れさまです！」

「大丈夫《だいじょうぶ》です！」——元気《げんき》な声《こえ》が返る。

「この力強《ちからづよ》い、はつらつとした皆《みな》さんの姿《すがた》こそ、あの『人間革命《にんげんかくめい》の歌《うた》』にある『吹雪《ふぶき》に胸《むね》はりいざや征《ゆ》け』の心意気《こころいき》そのものです。今日《きょう》は、秋田の大勝利《だいしょうり》の宣言《せんげん》として、この『人間革命の歌』を大合唱《だいがっしょう》しましょう！」

雪も溶《と》かすかのような熱唱《ねっしょう》が響《ひび》いた。

〽君《きみ》も立て　我《われ》も立つ
広布《こうふ》の天地《てんち》に　一人《ひとり》立て……

伸一も共に歌った。皆の心《こころ》に闘魂《とうこん》が燃《も》え盛《さか》った。創価《そうか》の師弟《してい》の誇《ほこ》らかな凱歌《がいか》であった。

伸一《しんいち》は、秋田《あきた》の同志《どうし》の敢闘《かんとう》に対《たい》して、さらに提案《ていあん》した。

「皆《みな》さんの健闘《けんとう》と、大勝利《だいしょうり》を祝《いわ》い、勝《か》ち鬨《どき》をあげましょう！」

「オー！」という声が沸《わ》き起《お》こった。

そして、民衆《みんしゅう》勝利の大宣言《だいせんげん》ともいうべき勝《か》ち鬨《どき》が、雪《ゆき》の天地《てんち》に轟《とどろ》いた。

「エイ・エイ・オー、………」

皆、力《ちから》を込《こ》めて右腕《みぎうで》を突《つ》き上《あ》げ、声《こえ》を張《は》り上げ、体中《からだじゅう》で勝利を表現《ひょうげん》した。

降《ふ》りしきる雪は、さながら、白《しろ》い花《はな》の舞《まい》であり、諸天《しょてん》の祝福《しゅくふく》を思《おも》わせた。

この瞬間《しゅんかん》、高所作業車《こうしょさぎょうしゃ》のバケットに乗《の》っていた「聖教新聞《せいきょうしんぶん》」のカメラマンが、シャッターを切った。

伸一は、呼《よ》びかけた。

「皆さん、お元気《げんき》で！　どうか、風邪《かぜ》をひかないように。また、お会いしましょう！」

（「**勝《か》ち鬨《どき》**」の章、187～190ページ）

# 「誓願《せいがん》」の章　響《ひび》き合《あ》う人間主義の心《こころ》と心

**〈1990年（平成2年）7月、山本伸一《やまもとしんいち》は第5次訪《ほう》ソを果《は》たし、クレムリンでゴルバチョフ大統領《だいとうりょう》と初《はつ》の会談《かいだん》を行《おこな》う。世界《せかい》の平和《へいわ》を願《ねが》う2人の心《こころ》は強《つよ》く響《ひび》き合《あ》い、日ソ関係《かんけい》に、新《あたら》しい交《こう》流《りゅう》の光《ひかり》が差《さ》した〉**

伸一は、ユーモアを込《こ》めて語《かた》りかけた。

「お会いできて嬉《うれ》しいです。今日《きょう》は大統領と″けんか″をしにきました。火花《ひばな》を散《ち》らしながら、なんでも率直《そっちょく》に語り合いましょう。人類《じんるい》のため、日ソのために！」

伸一の言葉《ことば》に、ゴルバチョフ大統領もユーモアで返した。

「会長《かいちょう》のご活動《かつやく》は、よく存《ぞん》じ上《あ》げていますが、こんなに″情熱的《じょうねつてき》″な方《かた》だとは知りませんでした。私も率直な対話が好《す》きです。

会長とは、昔《むかし》からの友人同士《ゆうじんどうし》のような気がします。以前《いぜん》から、よく知っている同士が、今日、やっと直接《ちょくせつ》会って、初《はじ》めての出会《であ》いを喜《よろこ》び合っている――そういう気持《きも》ちです」

伸一は、大きく頷《うなず》きながら応《こた》えた。

「同感《どうかん》です。ただ大統領は世界が注目《ちゅうもく》する指《し》導者《どうしゃ》です。人類の平和を根本的《こんぽんてき》に考《かんが》えておられる信念《しんねん》の政治家《せいじか》であり、魅力《みりょく》と誠実《せいじつ》、みずみずしい情熱と知性《ちせい》をあわせもったリーダーです。私は、民間人《みんかんじん》の立場《たちば》です。そこで今日は、大統領のメッセージを待《ま》っている世界の人びとのため、また後世《こうせい》のために、私が″生徒《せいと》″になって、いろいろお聞かせ願いたい」

大統領は、あの″ゴルビー・スマイル″を浮《う》かべて語った。

「お客様《きゃくさま》への歓迎《かんげい》の言葉を申《もう》し上げる前に先《さき》を越《こ》されてしまいました。″生徒″なんてとんでもないことです。会長は、ヒューマニズムの価値観《かちかん》と理想《りそう》を高く掲《かか》げて、人類に大きな貢献《こうけん》

をしておられる。私は深《ふか》い敬意《けいい》をいだいております。会長《かいちょう》の理念《りねん》は、私にとって、大変《たいへん》に親密《しんみつ》なものです。会長の哲学的側面《てつがくてきそくめん》に深い関心《かんしん》を寄《よ》せています。ペレストロイカ（改革《かいかく》）の『新思《しんし》考《こう》』も、会長の哲学の樹《き》の一つの枝《えだ》のようなものです」

伸一《しんいち》は自分《じぶん》の思《おも》いを忌憚《きたん》なく語った。

「私もペレストロイカと新思考の支持者《しじしゃ》です。私の考《かんが》えと多大《ただい》な共通性《きょうつうせい》があります。また、あるのが当然《とうぜん》なんです。私も大統領《だいとうりょう》も、ともに『人間《にんげん》』を見つめているからです。人間は人間です。共通なんです。私は哲人政治家《てつじんせいじか》の大統領に大きな期待《きたい》を寄せています」

伸一は、二十五年前、「人間性社会主義《しゃかいしゅぎ》」の理念を提唱《ていしょう》したことがあった。大統領は「人間の顔《かお》をした社会主義」をめざして改革の旗《はた》を掲《かか》げた。

人間という普遍《ふへん》の原点《げんてん》に立つ時、すべては融《ゆう》合《ごう》し、結合《けつごう》することが可能《かのう》となる。

（「誓願《せいがん》」の章、254～256㌻）

## 「誓願《せいがん》」の章　今が人生《じんせい》の最《もっと》も重要《じゅうよう》な瞬間《しゅんかん》

**〈山本伸一《やまもとしんいち》は、21世紀《せいき》を目指《めざ》し、世界平和《せかいへいわ》の道《みち》を開くために、力《ちから》の限《かぎ》り世界を奔走《ほんそう》。1993年（平成5年）1月下旬《げじゅん》から、北《ほく》・南《なん》米《べい》を訪問《ほうもん》し、対話《たいわ》の輪《わ》を広げていった〉**

アメリカでは、カリフォルニア州《しゅう》にある名門《めいもん》クレアモント・マッケナ大学《だいがく》で「新《あたら》しき統合原《とうごうげん》理《り》を求《もと》めて」と題《だい》して特別講演《とくべつこうえん》した。

伸一は、世界の新《あら》たな統合原理を求めるにあたって、人間《にんげん》の「全人性《ぜんじんせい》」の復権《ふっけん》がカギを握《にぎ》ると述《の》べ、そのために「寛容《かんよう》と非暴力《ひぼうりょく》の『漸進主《ぜんしんしゅ》義《ぎ》』」「開かれた対話」の必要性《ひつようせい》などをあげ、仏《ぶっ》法《ぽう》で説《と》く、仏界《ぶっかい》、菩薩界《ぼさつかい》を基底部《きていぶ》に据《す》える生き方に言及《げんきゅう》した。（中略）

さらに、創価大学《そうかだいがく》ロサンゼルス分校《ぶんこう》では、〝人権《じんけん》の母《はは》〟ローザ・パークスと会談《かいだん》した。

――一九五五年（昭和《しょうわ》三十年）、アフリカ系《けい》アメリカ人の彼女《かのじょ》は、バスの座席《ざせき》まで差別《さべつ》されることに毅然《きぜん》と抗議《こうぎ》した。

それが、バス・ボイコット運動《うんどう》の起点《きてん》となり、差別撤廃《てっぱい》が勝ち取られていったのである。

伸一は青年《せいねん》たちと、その人権闘争《とうそう》を讃《たた》え、「〝人類《じんるい》の宝《たから》〟〝世界の母〟ようこそ！」と歓迎《かんげい》した。まもなく迎《むか》える彼女の八十歳《さい》の誕生日《たんじょうび》を、峯子《みねこ》が用意《ようい》したケーキでお祝《いわ》いもした。

人間愛《にんげんあい》の心《こころ》と心が響《ひび》き合《あ》う語《かた》らいのなかで、彼女は、『写真《しゃしん》は語る』という本《ほん》が出版《しゅっぱん》されることに触《ふ》れた。

著名人《ちょめいじん》が、人生《じんせい》に最《もっと》も影響《えいきょう》を与《あた》えた写真を一枚《まい》ずつ選《えら》んで、載《の》せる企画《きかく》であり、自分《じぶん》が、その一人《ひとり》に選ばれたことを伝《つた》え、こう語った。

「あのバス・ボイコット運動の際《さい》の写真を選ぼうと思《おも》っていました。しかし、考《かんが》えを変えました。会長《かいちょう》との出会《であ》いこそ、私の人生にいちばん大きい影響を及《およ》ぼす出来事《できごと》になるだろうと

思《おも》ったからです。世界平和《せかいへいわ》のために、会長《かいちょう》と共《とも》に旅立《たびだ》ちたいのです。もし、よろしければ、今日《きょう》の会長との写真《しゃしん》を、本《ほん》に載《の》せたいのですが……」

伸一《しんいち》は、〝掲載《けいさい》される写真を、自分《じぶん》との語《かた》らいの場面《ばめん》にしたい〟という彼女《かのじょ》の要請《ようせい》に恐縮《きょうしゅく》した。

後日《ごじつ》、出版《しゅっぱん》された写真集が届《とど》けられた。彼女の言葉《ことば》通《どお》り、伸一と握手《あくしゅ》を交《か》わした写真が掲載されていた。「人権運動《じんけんうんどう》の母《はは》」の、優《やさ》しく美《うつく》しい笑顔《えがお》が光《ひか》っている。

冒頭《ぼうとう》には、こう書《か》かれていた。

「この写真は未来《みらい》について語っています。わが人生《じんせい》において、これ以上《いじょう》、重要《じゅうよう》な瞬間《しゅんかん》を考《かんが》えることはできません」。そして、文化《ぶんか》の相違《そうい》があっても、人間《にんげん》は共に進《すす》むことができ、この出《で》会《あ》いは、「世界平和のための新《あら》たな一歩《いっぽ》なのです」と。

（「**誓願《せいがん》**」の章、350～351ページ）

## 「誓願《せいがん》」の章 「私は94年間も待《ま》っていた」

**〈1993年（平成5年）2月、山本伸一《やまもとしんいち》は空《くう》路《ろ》、コロンビアからブラジルを訪問《ほうもん》する〉**

リオデジャネイロの国際空港《こくさいくうこう》では、伸一が到《とう》着《ちゃく》する二時間前から、一人《ひとり》の老齢《ろうれい》の紳士《しんし》が待《ま》ち続《つづ》けていた。

豊《ゆた》かな白髪《はくはつ》で、顔《かお》には、果敢《かかん》な闘争《とうそう》を経《へ》てきた幾筋《いくすじ》もの皺《しわ》が刻《きざ》まれていた。高齢《こうれい》のためか、歩《ある》く姿《すがた》は、幾分《いくぶん》、おぼつかなかったが、齢《よわい》九十四とは思《おも》えぬ毅然《きぜん》たる姿は、獅子《しし》を思わせた。今回《こんかい》の伸一の招聘元《しょうへいもと》の一つである、南米《なんべい》最《さい》高峰《こうほう》の知性《ちせい》の殿堂《でんどう》ブラジル文学《ぶんがく》アカデミーのアウストレジェジロ・デ・アタイデ総裁《そうさい》である。

彼《かれ》は、（中略）戦後《せんご》は第三回国連総会《こくれんそうかい》にブラジル代表《だいひょう》として参加《さんか》し、エレノア・ルーズベルト米大統領夫人《べいだいとうりょうふじん》や、ノーベル平和賞《へいわしょう》を受賞《じゅしょう》したフランスのルネ・カサン博士らと、「世界人権《せかいじんけん》宣言《せんげん》」の作成《さくせい》に重要《じゅうよう》な役割《やくわり》を果《は》たしてきた。

（中略）

総裁は、ヨーロッパ在住《ざいじゅう》の友人《ゆうじん》から、伸一のことを聞き、その後、著作《ちょさく》も読《よ》み、また、ブラジルSGIメンバーとも交流《こうりゅう》するなかで、その思想《しそう》と実践《じっせん》に強《つよ》い関心《かんしん》と共感《きょうかん》をいだき、伸一と会うことを熱望《ねつぼう》してきたという。

空港《くうこう》で、今か今かと伸一の到着を待つ総裁の体調《たいちょう》を心配《しんぱい》し、「まだ、お休《やす》みになっていてください」と気遣《きづか》うSGI関係者《かんけいしゃ》に、総裁は言った。

「私は、九十四年間も会長《かいちょう》を待っていた。待ち続《つづ》けていたんです。それを思えば、一時間や二時間は、なんでもありません」

伸一がリオデジャネイロの空港に到着したのは午後《ごご》九時であった。一行《いっこう》を、アタイデ総裁らが、包《つつ》み込《こ》むような笑《え》みで迎《むか》えてくれた。

総裁は、一八九八年（明治《めいじ》三十一年）生まれ

で、一九〇〇年（同三十三年）生まれの恩師《おんし》・戸田城聖《とだじょうせい》と、ほぼ同じ年代《ねんだい》である。伸一《しんいち》は、総《そう》裁《さい》と戸田の姿《すがた》が二重写《にじゅううつ》しになり、戸田が、自分《じぶん》を迎《むか》えてくれているような思いがした。（中略）

「会長《かいちょう》は、この世紀《せいき》を決定《けってい》づけた人です。力《ちから》を合《あ》わせ、人類《じんるい》の歴史《れきし》を変えましょう！」

総裁の過分《かぶん》な讃辞《さんじ》に恐縮《きょうしゅく》した。その言葉《ことば》には、全人類の人権《じんけん》を守《まも》り抜《ぬ》かねばならないという、切実《せつじつ》な願《ねが》いと未来《みらい》への期待《きたい》が込《こ》められていたにちがいない。伸一は応《こた》えた。

「総裁は同志《どうし》です！　友人《ゆうじん》です！　総裁こそ、世界《せかい》の〝宝《たから》〟の方《かた》です」

世界には、差別《さべつ》の壁《かべ》が張《は》り巡《めぐ》らされ、人権は、権力《けんりょく》に、金力《きんりょく》に、暴力《ぼうりょく》に踏《ふ》みにじられてきた。「世界人権宣言《せんげん》」の精神《せいしん》を現実《げんじつ》のものとしていくには、人類は、まだまだ遠《とお》い、過酷《かこく》な道《みち》のりを踏破《とうは》していかなくてはならない——総裁は、そのバトンを引《ひ》き継《つ》ぐ人たちを、真剣《しんけん》に探《さが》し求《もと》めていたのであろう。

（「誓願《せいがん》」の章、355～357ページ）

# 第30巻〈下〉

# 御書編

# 広《こう》布《ふ》の苦《く》難《なん》は永《えい》遠《えん》の福《ふく》運《うん》に

御文

椎地四郎殿御書《しいじしろうどのごしょ》　御書1448ページ

大《だい》難《なん》なくば法《ほ》華《け》経《きょう》の行《ぎょう》者《じゃ》にはあらじ

通解

大難《だいなん》がなければ、法華経《ほけきょう》の行者《ぎょうじゃ》であるはずがない。

## 小説の場面から

**〈1981年（昭和56年）11月13日、山本伸一《やまもとしんいち》は高《こう》知支部結成《ちしぶけっせい》25周年記念勤行会《しゅうねんきねんごんぎょうかい》に出席《しゅっせき》。席上、広宣流《こうせんる》布《ふ》の道《みち》に、大難《だいなん》が競《きそ》い起《お》こることを訴《うった》え、信心《しんじん》の姿《し》勢《せい》を語《かた》った〉**

「苦難《くなん》の時にこそ、その人の信心の真髄《しんずい》がわかるものです。臆病《おくびょう》の心《こころ》をさらけ出し、逃《に》げ去《さ》り、同志《どうし》を裏切《うらぎ》る人もいる。また、〝今こそ、まことの時である〟と心を定《さだ》め、敢然《かんぜん》と奮《ふる》い立《た》つ人もいる。

その違《ちが》いは、日ごろから、どれだけ信心を磨《みが》き、鍛《きた》えてきたかによって決まる。一朝一夕《いっちょういっせき》で強盛《ごうじょう》な信心が確立《かくりつ》できるわけではありません。

いわば、日々《ひび》、学会活動《がっかいかつどう》に励《はげ》み、持続《じぞく》していくのは、苦難の時に、勇敢《ゆうかん》に不動《ふどう》の信心を貫《つらぬ》いていくためであるともいえる。

私たちは凡夫《ぼんぷ》であり、民衆《みんしゅう》の一人《ひとり》にすぎない。ゆえに、軽視《けいし》され、迫害《はくがい》にさらされる。しかし、私たちが弘《ひろ》めているのは、妙法《みょうほう》という尊極無上《そんごくむじょう》の大法《だいほう》であるがゆえに、必《かなら》ずや広宣流布していくことができます。

また、『法自《ほうおのずか》ら弘《ひろ》まらず人・法を弘むる故《ゆえ》に人法《にんぽう》ともに尊《とうと》し』（御書856㌻）です。したがって、最高《さいこう》の大法を流布する〝弘教《ぐきょう》の人〟は、最極《さいごく》の人生《じんせい》を歩《あゆ》むことができる。

広布《こうふ》のため、学会《がっかい》のために、いわれなき中傷《ちゅうしょう》を浴《あ》び、悔《くや》しい思《おも》いをしたことは、すべてが永遠《えいえん》の福運《ふくうん》となっていきます。低次元《ていじげん》の言動《げんどう》に惑《まど》わされることなく、仏法《ぶっぽう》の法理《ほうり》のままに、無上道《むじょうどう》の人生を生《い》き抜《ぬ》いていこうではありませんか！」

（「**勝《か》ち鬨《どき》**」の章、86〜87㌻）

# 国民《こくみん》のために国家《こっか》がある！

御文

王地《おうち》に生《うま》れたれば身《み》をば随《したが》えられたてまつるやうなりとも心《こころ》をば随えられたてまつるべからず

撰時抄《せんじしょう》　御書287ジペー

通解

王《おう》の権力《けんりょく》が支配《しはい》する地《ち》に生《う》まれたのであるから、身《み》は従《したが》えられているようであっても、心《こころ》まで従えられているのではない。

## 小説の場面から

この御文《ごもん》は、ユネスコが編纂《へんさん》した『語録《ごろく》　人間《にんげん》の権利《けんり》』にも収録《しゅうろく》されている。

つまり、〝人間は、国家《こっか》や社会体制《しゃかいたいせい》に隷属《れいぞく》した存在《そんざい》ではない。人間の精神《せいしん》を権力《けんりょく》の鉄鎖《てっさ》につなぐことなどできない〟との御言葉《おことば》である。

（中略）

もちろん、国家《こっか》の役割《やくわり》は大きい。国家への貢献《こうけん》も大切《たいせつ》である。国の在《あ》り方《かた》のいかんが、国民《こくみん》の幸《こう》・不《ふ》幸《こう》に、大きな影響《えいきょう》を及《およ》ぼすからである。大事《だいじ》なことは、国家や一部《いちぶ》の支配者《しはいしゃ》のために国民がいるのではなく、国民のために国家があるということだ。

日蓮大聖人《にちれんだいしょうにん》がめざされたのは、苦悩《くのう》にあえいできた民衆《みんしゅう》の幸《しあわ》せであった。そして、日本一国《いっこく》の広宣流《こうせんる》布《ふ》にとどまらず、「一閻浮提《いちえんぶだい》広宣流布」すなわち世界《せかい》広布《こうふ》という、全人類《ぜんじんるい》の幸福《こうふく》と平和《へいわ》を目的《もくてき》とされた。

この御精神《ごせいしん》に立ち返るならば、おのずから人類の共《きょう》存共栄《そんきょうえい》や、人類益《えき》の追求《ついきゅう》という思想《しそう》が生《う》まれる。

世界が米《べい》ソによって二分《にぶん》され、東西両陣営《とうざいりょうじんえい》の対立《たいりつ》が激化《げきか》していた一九五二年（昭和二十七年）二月、戸《と》田城聖《だじょうせい》が放《はな》った「地球民族主義《ちきゅうみんぞくしゅぎ》」の叫《さけ》びも、仏法《ぶっぽう》思想の発露《はつろ》である。

仏法を実践《じっせん》する創価《そうか》の同志《どうし》には、誰《だれ》の生命《せいめい》も尊《とうと》く、平等《びょうどう》であり、皆《みな》が幸せになる権利《けんり》があるとの生き方の哲学《てつがく》がある。友《とも》の不幸を見れば同苦《どうく》し、幸せになってほしいと願《ねが》い、励《はげ》ます、慈悲《じひ》の行動《こうどう》がある。この考《かん》え方、生き方への共感《きょうかん》の広《ひろ》がりこそが、世界を結《むす》ぶ、確《かく》たる草《くさ》の根《ね》の平和運動《うんどう》となる。

（「**誓願**《せいがん》」の章、241〜242㌻）

### 創価学会は世界的公共財《コモンズ》

創価学会はなぜ、いかなる迫害《はくがい》、試練にも揺《ゆ》るがないのか。それは、「御書《ごしょ》」という明確な指標《しひょう》があるからです。小説『人間革命』『新・人間革命』という池田SGI会長が残された〝魂《たましい》の書〟があるからです。

創価学会員にとっての『人間革命』『新・人間革命』とは、キリスト教徒にとっての新約聖書《しんやくせいしょ》に相当するものであり、御書は、旧約聖書の役割《やくわり》を果《は》たしていると私は考えます。

現実世界の問題は全て、御書と、この小説から答えを導き出すことができるはずです。また、そういう読み方をしていくことが重要ではないでしょうか。

〝魂《たましい》の独立〟から30年を経《へ》て、本年（＝二〇二一年）、新しい御書が発刊されます。それは学会こそが、日蓮大聖人《にちれんだいしょうにん》の精神を、正しく継承《けいしょう》している唯一《ゆいいつ》の団体であるとの大《だい》宣言《せんげん》です。

## 私の読後感
# 識者が語る

作家
佐藤　優 氏

第30巻〈下〉は、2001年11月12日の本部幹部会の場面で締《し》めくくられます。そこで山本伸一《やまもとしんいち》は、青年たちに後継《こうけい》のバトンを託《たく》します。「広宣流布《こうせんるふ》という大偉業《だいいぎょう》は、一《いち》代《だい》で成《な》し遂《と》げることはできない。師《し》から弟子《でし》へ、そのまた弟子へと続《つづ》く継承《けいしょう》があってこそ成就《じょうじゅ》される」――まさに、これこそが、創価学会が世界宗教《せかいしゅうきょう》である証《あかし》です。

キリスト教のイエスも、イスラム教のムハンマドも、自分の代で目標を果たすことはできませんでした。弟子たちに後事《こうじ》を託し、その弟子《でし》たちの手によって、世界宗教へと飛躍《ひやく》していったのです。

「一人《ひとり》の人間《にんげん》における偉大《いだい》な人間革命《かくめい》は、やがて一国《いっこく》の宿命《しゅくめい》の転換《てんかん》をも成《な》し遂《と》げ、さらに全人類《ぜんじんるい》の宿命の転換をも可能《かのう》にする」との小説のテーマは、普遍的《ふへんてき》真理です。混迷《こんめい》を極《きわ》めるコロナ禍《か》において、その正しさがいよいよ証明されているといっても過言《かごん》ではないでしょう。

例えば、創価学会が支援《しえん》する公明党によって、政府から海外ワクチン確保への予備費活用の方針《ほうしん》が引き出され、接種の道が開かれた。これによって、どれほどの命が救われたか。「自他共《じたとも》の幸福」「生命尊厳《そんげん》」という学会の価値観が、具体的な形となって表れたのです。

2001年11月12日、巣鴨の東京戸田記念講堂で開催された本部幹部会。席上、池田先生は、後継の青年たちに「一人の本物の弟子がいれば、広宣流布は断じてできる」と訴えた

歴史家のトインビー博士は、小説『人間革命』の英語版に寄せた序文で、「創価学会は、既《すで》に世界的出来事である」と記しました。私はこう述べたい。

「創価学会はすでに、世界的コモンズ（公共財）である」

**さとう・まさる**
1960年、東京都生まれ。同志社大学大学院神学研究科修了後、専門職員として外務省に入省。在ロシア大使館勤務などを経て、外務省主任分析官として活躍。著書に、『池田大作研究――世界宗教への道を追う』（朝日新聞出版）など多数。

ここにフォーカス

# 人類《じんるい》の将来《しょうらい》への確《たし》かな希望

創価学会は1981年（昭和56年）、ＵＮＨＣＲ（国連難民《こくれんなんみん》高等弁務官事務所）と国連広報局のＮＧＯ（非政府組織）として登録されました。これまで、国連と協力して「現代世界《せかい》の核《かく》の脅威《きょうい》」展《てん》、「戦争と平和展《へいわてん》」「現代世界の人権《じんけん》」展などを世界各地で開催《かいさい》してきました。

「勝《か》ち鬨《どき》」の章に、「世界の平和を実現《じつげん》していくには、国連が力《ちから》をもち、国連を中心《ちゅうしん》に各国《かっこく》が平等《びょうどう》の立場《たちば》で話《はな》し合《あ》いを重《かさ》ね、進《すす》んでいかなければならない」との池田先生の一貫《いっかん》した国連への思いが記されています。

複雑な利害が絡《から》む国際社会にあって、国連の無力論《むりょくろん》が叫《さけ》ばれたこともありました。しかし、貧困《ひんこん》や紛争《ふんそう》など、地球的な諸問題《しょもんだい》を恒常的《こうじょうてき》に話し合える場が国連にほかなりません。だからこそ、池田先生は、国連を「人類《じんるい》の議会《ぎかい》」と位置付け、〝国連中心主義〟を繰《く》り返《かえ》し訴《うった》えてきたのです。

国際社会では近年、自然災害への対応や難民問題などにおいて、「信仰《しんこう》を基盤《きばん》とした団体（ＦＢＯ）」の人道支援《しえん》での貢献《こうけん》に大きな期待が寄せられています。

国連のチョウドリ元事務次長は、「ＳＧＩの皆《みな》さんが着実《ちゃくじつ》な草《くさ》の根《ね》運動を通して『平和の文化』の建設に立ち上がり、積極的にその輪《わ》を広げていく姿《すがた》に、人類の将来《しょうらい》への確かな希望を見出《みいだ》しました」と述べています。地球を包《つつ》むＳＧＩのネットワークが持つ使命は、限りなく大きいのです。

# 第30巻〈下〉

# 解説編

紙上講座

# 池田博正 主任副会長

動画で見る
セイキョウムービー（5分20秒）

**ポイント**

**① 青年《せいねん》を育《そだ》てた20年**
**② 世界広布《せかいこうふ》の礎《いしずえ》を築く**
**③ 第2の「七つの鐘《かね》」**

第30巻〈下〉は、1981年（昭和56年）から2001年（平成13年）の、20年にわたる〝広布《こうふ》の軌跡《きせき》〟が描《えが》かれています。

この20年間は次の2点に集約《しゅうやく》することができます。①青年《せいねん》を励《はげ》まし、青年を育《そだ》てる20年②世界広宣流布《せかいこうせんるふ》の礎《いしずえ》を築く20年――であります。

「勝《か》ち鬨《どき》」の章は、61日間で北半球《きたはんきゅう》を一周《しゅう》する海外《かいがい》平和旅《へいわたび》を終《お》えた山本伸一《やまもとしんいち》が、結成《けっせい》30周年を記念《きねん》する青年部総会《そうかい》に祝電《しゅくでん》を送《おく》る場面《ばめん》から始《はじ》まります。そして、「誓願《せいがん》」の章は、青年部の結成50周年の意義《いぎ》を込《こ》めた本部幹部会《ほんぶかんぶかい》で締《し》めくくられています。

青年への励《はげ》ましで始まり、青年への励ましで終わる――まさに、青年を育てることに魂《たましい》を注《そそ》いだ20年間の象徴《しょうちょう》ではないでしょうか。

1981年11月、第1次宗門事件《しゅうもんじけん》で苦《くる》しんできた四国《しこく》を訪問《ほうもん》した伸一は、四国男子部の要請《ようせい》を受け、彼《かれ》らが作成《さくせい》した愛唱歌《あいしょうか》の歌詞《かし》に筆《ふで》を入れます。さらに、二十数回もの推敲《すいこう》を重《かさ》ね、完成《かんせい》したのが「紅《くれない》の歌《うた》」でした。

さらに、同年12月、宗門事件の謀略《ぼうりゃく》の嵐《あらし》が吹《ふ》き荒《あ》れた大分《おおいた》では、県青年部幹部会《けんせいねんぶかんぶかい》に出席《しゅっせき》し、長編詩《ちょうへんし》「青年よ　二十一世紀《せいき》の広布《こうふ》の山《やま》を登《のぼ》れ」を発表《はっぴょう》。**「『二〇〇一年五月三日』を目標《もくひょう》に、広布《こうふ》第二幕《まく》の勝《しょう》負《ぶ》は、この時で決せられることを銘記《めいき》して、労苦《ろうく》の修行《しゅぎょう》に励《はげ》みゆくよう訴《うった》え」**（116ページ）ました。

81年は宗門《しゅうもん》の悪僧《あくそう》らの理不尽《りふじん》な学会攻撃《がっかいこうげき》に対して、本格的《ほんかくてき》な反転攻勢《はんてんこうせい》が開始《かいし》された年です。

伸一《しんいち》は、**「新《あたら》しい時代《じだい》の夜明《よあ》けを告《つ》げようと、『時』を待《ま》ち、『時』を創《つく》って」**（54ページ）いきます。その焦《しょう》点《てん》こそが青年でした。**「常《つね》に青年の育成《いくせい》に焦点《しょうてん》を当《あ》て、一切《いっさい》の力《ちから》を注《そそ》いできた」**（209ページ）のです。

今月（＝2021年7月）、男女《だんじょ》青年部は結成《けっせい》70周《しゅう》年《ねん》の佳節《かせつ》を刻《きざ》みました。池田先生は、それぞれの記《き》念《ねん》の大会にメッセージを寄《よ》せ、男子部には**「従藍而《じゅうらんに》青《しょう》のスクラム」**、女子部には**「旭日《きょくじつ》のスクラム」**を広げゆくことを呼《よ》び掛《か》けました。

**「青年たちよ！　学会《がっかい》を頼《たの》む。広布を頼む。世界《せかい》を頼む。二十一世紀を頼む」**（201ページ）――師《し》の思《おも》いに応《こた》え、新章節《しんしょうせつ》を開きゆく青年を先頭《せんとう》に、各部一体《かくぶいったい》で青年・未来部《みらいぶ》を育成《いくせい》し、青年のスクラムを拡大《かくだい》していきましょう。

## 金剛不壊《こんごうふえ》の大創価城《だいそうかじょう》

第30巻〈下〉で描《えが》かれる20年は、世界宗教《しゅうきょう》へと飛《ひ》翔《しょう》を遂《と》げた20年でもありました。SGI会長《かいちょう》である伸一《しんいち》は世界各地《かくち》を訪《おとず》れ、海外《かいがい》の友《とも》と〝師弟《してい》の絆《きずな》〟を結《むす》んでいきます。

この間、伸一に対して「桂冠詩人《けいかんしじん》」（81年）、「世界桂冠詩人賞」（95年）や、国家勲章《こっかくんしょう》、大学からの名誉《めいよ》学術称号《がくじゅつしょうごう》などが贈《おく》られます。こうした栄誉《えいよ》は、**「学会の平和《へいわ》・文化《ぶんか》・教育運動《きょういくうんどう》への高い評価《ひょうか》であり、各国《かっこく》同志《どうし》の社会貢献《しゃかいこうけん》への賞讃《しょうさん》と信頼《しんらい》の証《あかし》」**（252ページ）でした。

また、伸一は、各国の指導者《しどうしゃ》との対話《たいわ》にも力《ちから》を注《そそ》ぎます。その行動《こうどう》は、**「世界平和を実現《じつげん》する道《みち》にな**

**り、また、学会《がっかい》への理解《りかい》を促《うなが》し、その国の同志《どうし》を守《まも》ることにもつながっていく」**（252ページ）との信念の発露《はつろ》でした。

世界広布《せかいこうふ》の潮流《ちょうりゅう》が広がる中で、第2次宗門事件《しゅうもんじけん》が起《お》こります。第1次宗門事件の後も、伸一《しんいち》は一貫《いっかん》して、**「僧俗和合《そうぞくわごう》への最大《さいだい》の努力《どりょく》を払《はら》い、宗門の外護《げご》に全面的《ぜんめんてき》に取《と》り組《く》んで」**（289ページ）いきました。

しかし、宗門は「悪鬼入其身《あっきにゅうごしん》」と化《か》し、信徒支配《しんとしはい》の体質《たいしつ》を現《あらわ》しました。宗門は**「自《みずか》ら学会から離《はな》れていった」**（335ページ）のです。

創価《そうか》の同志は、悪辣《あくらつ》な謀略《ぼうりゃく》を冷静《れいせい》に見抜《みぬ》き、破邪《はじゃ》顕正《けんせい》の情熱《じょうねつ》をたぎらせて、敢然《かんぜん》と戦《たたか》いました。それを可能《かのう》にしたのは、ただ同志のためにと、生命《いのち》を削《けず》る覚悟《かくご》で励《はげ》ましを送《おく》り続《つづ》けてきた、伸一の戦いがあったからです。

第1次宗門事件の折《おり》、伸一は**「もう一度、広宣流《こうせんる》布《ふ》の使命《しめい》に生《い》き抜《ぬ》く師弟《してい》の絆《きずな》で結《むす》ばれた、強靱《きょうじん》な創価学会を創《つく》ろう」**（314ページ）と行動《こうどう》します。**「そのなかで後継《こうけい》の青年《せいねん》たちも見事《みごと》に育《そだ》ち、いかなる烈風《れっぷう》にも微動《びどう》だにしない、金剛不壊《こんごうふえ》の師弟の絆で結ばれた、大創価城《じょう》が築《きず》かれて」**（同）いきました。

その絆は、国内《こくない》にとどまらず、世界にも広がっていきました。

本年（＝2021年）は、「魂《たましい》の独立《どくりつ》」から30周《しゅう》年《ねん》。宗門の鉄鎖《てっさ》を断《た》ち切《き》り、〝創価のネットワーク〟は、世界192カ国・地域《ちいき》に広がっています。感染《かんせん》症《しょう》や気候変動《きこうへんどう》など、地球規模《ちきゅうきぼ》の危機《きき》に直面《ちょくめん》する今、**「世界の同志が草《くさ》の根《ね》のスクラムを組《く》み、新《あたら》しい平和《へいわ》の大潮流《だいちょうりゅう》を起こす時」**（433ページ）です。

## 一人《ひとり》の本物《ほんもの》の弟子《でし》

第30巻〈下〉の最後《さいご》に描《えが》かれているのは、2001年11月の本部幹部会《ほんぶかんぶかい》です。伸一は胸中《きょうちゅう》で、青年たちに**「共《とも》に出発《しゅっぱつ》しよう！　命《いのち》ある限《かぎ》り戦《たたか》お**

**う！　第二の『七つの鐘《かね》』を高らかに打《う》ち鳴《な》らしながら、威風堂々《いふうどうどう》と進《すす》むのだ」**（436ページ）と語《かた》り掛《か》けます。

この場面《ばめん》で小説《しょうせつ》が終《お》わっているのは、**「広宣流布《こうせんるふ》という大偉業《だいいぎょう》は、一代《いちだい》で成《な》し遂《と》げることはできない。師《し》から弟子《でし》へ、そのまた弟子へと続《つづ》く継承《けいしょう》があってこそ成就《じょうじゅ》される」**（434ページ）とある通《とお》り、第２の「七つの鐘」の構想実現《こうそうじつげん》を池田門下《もんか》に託《たく》したということではないでしょうか。

第１の「七つの鐘」は、１９３０年（昭和5年）、学会創立《がっかいそうりつ》から始《はじ》まりました。伸一《しんいち》は、先師《せんし》・恩師《おんし》の構想を、7年ごとの前進《ぜんしん》の中で次々に実現していきます。

そして、第1の「七つの鐘」は、79年（同54年）に鳴《な》り終《お》えます。

２００１年、第2の「七つの鐘」が始まります。

第2の「七つの鐘」の2番目《ばんめ》の鐘が打ち鳴らされた08年からの7年間、広宣流布大誓堂《だいせいどう》が落成《らくせい》（13年）。全世界の池田門下が団結《だんけつ》し、世界広布新時代《せかいこうふしんじだい》が開幕《かいまく》します。

さらに、3番目の鐘の始まりである15年からの7年間では、世界宗教《しゅうきょう》としての体制《たいせい》を確立《かくりつ》するとともに、小説『新《しん》・人間革命《にんげんかくめい》』の完結《かんけつ》（18年）を刻《きざ》みました。

明22年から、いよいよ4番目の鐘が打ち鳴らされます。第2の「七つの鐘」が鳴り終える50年には、学会創立120周年《しゅうねん》を刻《きざ》みます。第2の「七つの鐘」は、池田門下の団結と前進《ぜんしん》の指標《しひょう》でもあります。

第30巻〈下〉の結《むす》びで、伸一は恩師・戸田先生《とだせんせい》の**「中核《ちゅうかく》の青年がいれば、いな、一人《ひとり》の本物《ほんもの》の弟子がいれば、広宣流布は断《だん》じてできる」**（434ページ）との言葉《ことば》を紹介《しょうかい》しています。

全《すべ》ては真剣《しんけん》な一人から始まります。創立１００周年の２０３０年を目指《めざ》して、自《みずか》らが「一人の本物の弟子」として立ち上がり、わが人間革命の歴史《れきし》をつづってまいろうではありませんか。

# 名言集

## 毀誉褒貶《きよほうへん》の徒《と》

学会《がっかい》を担《にな》う主体者《しゅたいしゃ》として生きるのではなく、傍観《ぼうかん》者《しゃ》や、評論家《ひょうろんか》のようになるのは、臆病《おくびょう》だからです。また、すぐに付和雷同《ふわらいどう》し、学会を批判《ひはん》するのは、毀《き》誉褒貶《よほうへん》の徒《と》です。

（「勝《か》ち鬨《どき》」の章、183ページ）

## 若《わか》き逸材《いつざい》

新《あたら》しき時代《じだい》の扉《とびら》は青年《せいねん》によって開かれる。若《わか》き逸《いつ》材《ざい》が陸続《りくぞく》と育《そだ》ち、いかんなく力《ちから》を発揮《はっき》してこそ、国も、社会《しゃかい》も、団体《だんたい》も、永続的《えいぞくてき》な発展《はってん》がある。

（「誓願《せいがん》」の章、209ページ）

## 核兵器《かくへいき》への認識《にんしき》

核兵器《かくへいき》の脅威《きょうい》は、実際《じっさい》に被爆《ひばく》し、苦《くる》しみのなかで生きてきた人たちの生《なま》の声《こえ》に耳《みみ》を傾《かたむ》け、映像《えいぞう》や物品《ぶっぴん》などを通《とお》し、破壊《はかい》の現実《げんじつ》を直視《ちょくし》してこそ、初《はじ》めて、実感《じっかん》として深《ふか》く認識《にんしき》することができる。

（「誓願」の章、236ページ）

## 統合《とうごう》の哲学《てつがく》

分断《ぶんだん》は分断を促進《そくしん》させる。ゆえに、人間《にんげん》という普《ふ》遍的《へんてき》な共通項《きょうつうこう》に立ち返ろうとする、統合《とうごう》の哲学《てつがく》の確《かく》立《りつ》が求《もと》められるのである。

（「誓願」の章、273ページ）

## 本物《ほんもの》の信心《しんじん》

広宣流布《こうせんるふ》の途上《とじょう》に、さまざまなことがあるのは当《とう》然《ぜん》の理《ことわり》である。しかし、何があっても恐《おそ》れず、惑《まど》わず、信心《しんじん》の眼《まなこ》で一切《いっさい》の事態《じたい》を深《ふか》く見つめ、乗《の》り越《こ》えていくのが本物《ほんもの》の信心である。

（「誓願《せいがん》」の章、285ページ）

第１回「アルゼンチンSGI総会」に出演した未来部メンバーを励ます池田先生（1993年２月、ブエノスアイレス郊外で）

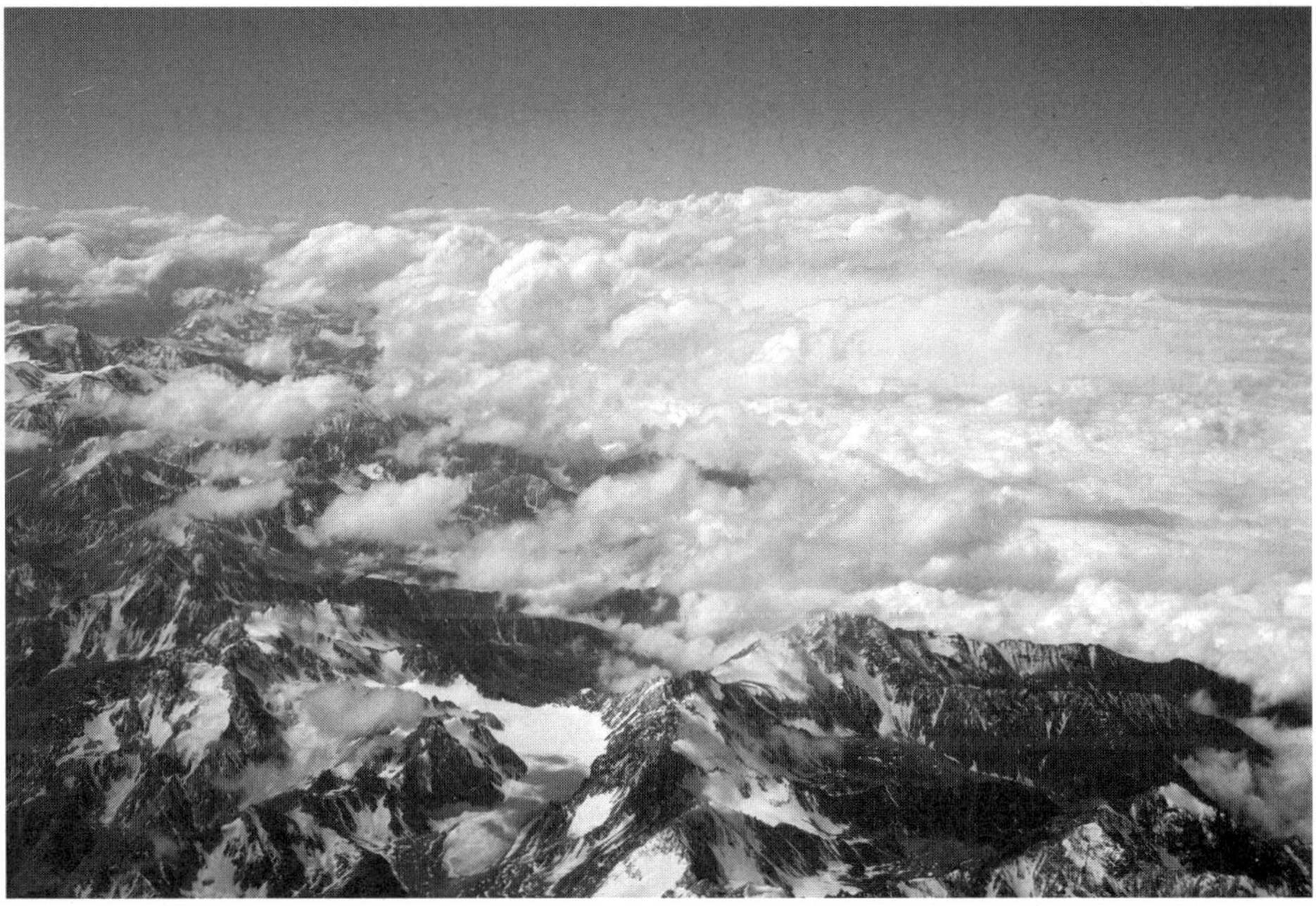

雄大なアンデス山脈を、池田先生が、50カ国目の訪問国・チリへ向かう機中で撮影（1993年２月）。「誓願」の章では、チリ訪問に際し、「荘厳な　金色（ゆうひ）に包まれ　白雪の　アンデス越えたり　我は勝ちたり」と詠む場面が描かれている

第30巻
〈下〉

# あとがき編

紙上講座

# 〝人間《にんげん》勝利《しょうり》の大絵巻《だいえまき》〟を！

池田博正　主任副会長

きょう（＝2021年8月6日）、小説『新・人間革命』起稿《きこう》28周年《しゅうねん》・脱稿《だっこう》3周年の佳節《かせつ》を刻《きざ》みました。25年間にわたる池田先生の執筆闘争《しっぴつとうそう》は、**「限《かぎ》りある命《いのち》の時間との壮絶《そうぜつ》な闘争《とうそう》」**（442ページ）であり、連載完結《れんさいかんけつ》は歴史的《れきしてき》な大偉業《だいいぎょう》です。

8月6日は「広島原爆忌《ひろしまげんばくき》」です。この日を起稿・脱稿の日とされ、9月8日を連載完結の日とされたのは、戸田《とだ》先生の「原水爆禁止宣言《げんすいばくきんしせんげん》」の精神《せいしん》を継承《けいしょう》し、核兵器《かくへいき》の悲劇《ひげき》を繰《く》り返《かえ》さない、との誓《ちか》いを後世《こうせい》永遠《えいえん》に留《とど》めるためです。

2010年（平成22年）以降《いこう》、先生の活動《かつどう》の中心《ちゅうしん》は、『新《しん》・人間革命《にんげんかくめい》』の執筆《しっぴつ》となりました。その連載に励《はげ》ましを受けた全同志《ぜんどうし》の熱《あつ》き思《おも》いと祈《いの》りによって、完結の日を迎《むか》えることができたと思わずにいられません。『新・人間革命』の完結は、21世紀《せいき》における「師弟《してい》の共戦譜《きょうせんふ》」と言えるでしょう。

第30巻〈下〉はこう結《むす》ばれています。

**「彼《かれ》の眼《まなこ》に、『第三の千年』の旭日《きょくじつ》を浴《あ》びて、澎湃《ほうはい》と、世界《せかい》の大空《おおぞら》へ飛翔《ひしょう》しゆく、創価《そうか》の凜々《りり》しき若鷲《わかわし》たちの勇姿《ゆうし》が広《ひろ》がった」**（436ページ）

この一節《いっせつ》は、先生の脱稿《だっこう》時の心境《しんきょう》そのものだったのではないでしょうか。平和《へいわ》と共生《きょうせい》の時代《じだい》を開く後《こう》継《けい》の青年《せいねん》たちが、旭日のごとく、陸続《りくぞく》と誕生《たんじょう》することを、先生は確信《かくしん》されていたのです。

講義《こうぎ》を終《お》えるに当《あ》たって、改《あらた》めて『新《しん》・人間革《にんげんかく》命《めい》』全30巻を貫《つらぬ》くテーマについて述《の》べたいと思《おも》います。

その一つが、「宿命《しゅくめい》」は「使命《しめい》」である、ということです。「あとがき」に**「『宿命』と『使命』とは表《ひょう》裏《り》であり、『宿命』は、そのまま、その人固有《こゆう》の尊《とうと》き『使命』となる」**（447ページ）と強調《きょうちょう》されています。

また、広布《こうふ》の伸展《しんてん》を阻《はば》む、さまざまな「魔《ま》」「悪知《あくち》識《しき》」の本質《ほんしつ》についても詳述《しょうじゅつ》されています。

広宣流布《こうせんるふ》は間断《かんだん》なき仏《ほとけ》と魔との闘争《とうそう》です。正義《せいぎ》が勝《か》ち続《つづ》けていくために大切《たいせつ》なことが、**「『覚悟《かくご》の信《しん》心《じん》』に立つこと」**（105ページ）であり、**「覚悟を定《さだ》め、大《だい》難《なん》に挑《いど》み戦《たたか》うことによって、自《みずか》らの信心を磨《みが》き鍛《きた》え、宿命転換《てんかん》がなされていく」**（同）のです。

学会《がっかい》を襲《おそ》った数々《かずかず》の試練《しれん》を勝ち越《こ》える原動力《げんどうりょく》は、ひとえに山本伸一《やまもとしんいち》の「覚悟の信心」にありました。

師《し》の闘争に連《つら》なるとは、この「覚悟の信心」に立つことです。

## 人類《じんるい》の新《あたら》しき道標《どうひょう》

「あとがき」が書き留《と》められたのは、脱稿から約《やく》1カ月後の2018年（平成30年）9月8日、連載完結《れんさいかんけつ》の日です。ここでは、小説《しょうせつ》『人間革命』『新・人間革命』の執筆《しっぴつ》の背景《はいけい》や真情《しんじょう》、完結の意義《いぎ》などが記《しる》されています。

『人間革命』では、戸田《とだ》先生という「一人《ひとり》の人間」

が「一国《いっこく》の宿命《しゅくめい》の転換《てんかん》」へと立ち上がり、弟子《でし》と共《とも》に学会《がっかい》を再建《さいけん》しゆくドラマが展開《てんかい》されます。一方《いっぽう》、「全人類《ぜんじんるい》の宿命の転換」を目指《めざ》す伸一《しんいち》と弟子の〝世界《せかい》広布《こうふ》の共戦譜《きょうせんふ》〟が『新《しん》・人間革命《にんげんかくめい》』です。

「あとがき」には、広布の使命《しめい》を担《にな》う私たち一人《ひと》一人が、**「苦悩《くのう》する人びとを救《すく》うために、誓願《せいがん》して」**（446ページ）、さまざまな宿命をもって生《う》まれてきたと述《の》べられています。

一人として使命のない人などいません。**「皆《みな》が、地《じ》涌《ゆ》の菩薩《ぼさつ》」**（447ページ）であり、**「苦悩を歓喜《かんき》へと転ずる大《だい》ドラマの主人公《しゅじんこう》」**（同）です。

**「『人間革命』なくしては、自身《じしん》の幸福《こうふく》も、社会《しゃかい》の繁栄《はんえい》も、世界の恒久平和《こうきゅうへいわ》もあり得《え》ない」**（同）とある通《とお》り、われわれの〝宿命転換劇《げき》〟は、社会に勇気《ゆうき》と希望《きぼう》を送《おく》っていきます。

仏法《ぶっぽう》を根幹《こんかん》とした「人間革命」の思想《しそう》と実証《じっしょう》は、**『第三の千年』のスタートを切った人類《じんるい》の新《あたら》しき道《どう》標《ひょう》」**（448ページ）なのです。

## 師弟《してい》の対話《たいわ》の扉《とびら》

約《やく》3年にわたって、「世界広布の大道《だいどう》」の解説編《かいせつへん》を担当《たんとう》させていただきました。

『新・人間革命』は単《たん》なる過去《かこ》の学会の歴史《れきし》ではありません。不変《ふへん》の〝広布の原理《げんり》〟が示《しめ》されています。いかに、今の活動《かつどう》に生かすことができるか――真剣《しんけん》に向《む》き合《あ》う日々でした。

一巻一巻をひもときながら、あらためて心《こころ》に刻《きざ》んだのが、『新・人間革命』の意義《いぎ》です。

それは、①創価《そうか》の精神《せいしん》を学《まな》ぶ「信心《しんじん》の教科書《きょうかしょ》」②胸中《きょうちゅう》の師匠《ししょう》と語《かた》らう「対話《たいわ》の書《しょ》」③弟子に託《たく》す「誓《ちか》いの書」、の3点に集約《しゅうやく》することができます。

『人間革命』『新・人間革命』は、**「創価《そうか》の広布の『日記文書《にっきもんじょ》』」**（439ページ）とある通り、学会精神を培《つちか》うための**「創価の精神の正史《せいし》」**（440ページ）であり、〝信心《しんじん》の

小説『新・人間革命』の起稿の日、池田先生は、インドのN・ラダクリシュナン博士と会見（1993年8月6日、長野で）

教科書《きょうかしょ》〟です。

執筆《しっぴつ》に当《あ》たって池田先生は、**「一人《ひとり》ひとりに励《はげ》ましの便《たよ》りを送《おく》る思《おも》いで推敲《すいこう》を重《かさ》ね」**（442ページ）、**「わが胸中《きょうちゅう》の恩師《おんし》と対話《たいわ》しながらの作業《さぎょう》でもあった」**（同）と述《の》べられています。『新《しん》・人間革命《にんげんかくめい》』のページを繰《く》ることは、師弟《してい》の対話の扉《とびら》を開くことにほかなりません。

さらに、**「先師《せんし》、恩師《おんし》の精神《せいしん》と思想《しそう》を受《う》け継《つ》ぎ、断《だん》じて、『戦争《せんそう》』の世紀《せいき》から『平和《へいわ》』の世紀へ歴史《れきし》を転《てん》じゆこうとの、弟子《でし》としての誓《ちか》いを永遠《えいえん》に刻印《こくいん》したかった」**（441ページ）とつづられる通《とお》り、先生ご自身《じしん》の誓《せい》願《がん》を弟子に託《たく》す「誓いの書」でもあるのです。

「あとがき」の結《むす》びに、『新・人間革命』の完結《かんけつ》は、**「新しい出発《しゅっぱつ》」**（448ページ）とあります。

創価《そうか》の同志《どうし》が広布《こうふ》の本舞台《ほんぶたい》に立ち、「山本伸一《やまもとしんいち》」の自覚《じかく》で**「自身の輝《かがや》ける『人間革命』の歴史」**（同）をつづりゆく時です。完結5周年《しゅうねん》（2023年）、そして10周年（28年）へ――**「『広布誓願』の師弟旅《たび》」**（448ページ）を進《すす》めながら、**「人間勝利《しょうり》の大絵巻《だいえまき》」**（同）をつづっていこうではありませんか。

# 名言集

## 青年《せいねん》の熱《ねつ》と力《ちから》

平和《へいわ》という壮大《そうだい》な理想《りそう》を実現《じつげん》するには、青年《せいねん》の熱《ねつ》と力《ちから》の結集《けっしゅう》がなければならない。

（「誓願《せいがん》」の章、229ページ）

## 交流《こうりゅう》の道《みち》

切り開かれた交流《こうりゅう》の道《みち》は、何度《なんど》も歩《ある》き、踏《ふ》み固《かた》めることによって、大道《だいどう》となっていく。

（「誓願」の章、249ページ）

## 新時代《しんじだい》の広宣流布《こうせんるふ》

新時代《しんじだい》の広宣流布《こうせんるふ》もまた険路《けんろ》でありましょう。「賢明《けんめい》」にして「強気《つよき》」でなければ、勝利《しょうり》と栄光《えいこう》は勝ち取れません。

（「誓願」の章、347ページ）

## 以信代慧《いしんだいえ》

仏法《ぶっぽう》は、人を救《すく》うためにある。人を救うのは観念《かんねん》論《ろん》ではなく、具体的《ぐたいてき》な「知恵《ちえ》」であり、「行動《こうどう》」です。私どもの立場《たちば》でいえば、以信代慧《いしんだいえ》であり、信心《しんじん》によって仏《ほとけ》の智慧《ちえ》が得《え》られる。

（「誓願」の章、392ページ）

## 宗教者《しゅうきょうしゃ》の使命《しめい》と責任《せきにん》

現代《げんだい》における宗教者《しゅうきょうしゃ》の最大《さいだい》の使命《しめい》と責任《せきにん》は、「悲惨《ひさん》な戦争《せんそう》のない世界《せかい》」を築《きず》く誓《ちか》いを固《かた》め、人類《じんるい》の平和《へいわ》と幸福《こうふく》の実現《じつげん》という共通《きょうつう》の根本目的《こんぽんもくてき》に立ち、人間《にんげん》と人間を結《むす》んでいくことである。

（「**誓願**《せいがん》」**の章、407㌻**）

## 師《し》の心《こころ》

次代《じだい》を担《にな》う青年《せいねん》たちの成長《せいちょう》こそが、弟子《でし》の勝利《しょうり》こそが、自身《じしん》の喜《よろこ》びであり、楽《たの》しみであり、希望《きぼう》である――それが師《し》の心《こころ》である。それが師弟《してい》の絆《きずな》である。

（「**誓願**」**の章、417㌻**）

花壇に浮かび上がる赤い〝Ｖの字〟を池田先生が撮影（２０１８年８月、長野で）。この月の６日、小説『新・人間革命』を脱稿した

# 編集後記

2018年10月から連載《れんさい》を続けてきた「世界広布の大道　小説『新・人間革命』に学ぶ」は、今回（＝2021年8月6日付 聖教新聞）で最終回を迎《むか》えた。2年10カ月の連載の間、多くの読者の方々《かたがた》から温かな励《はげ》ましの声を頂戴《ちょうだい》した。心から感謝申し上げたい。

連載では、31人の識者に登場していただいた。第7巻の声を寄せてくださった中国文化大学の元学長・林彩梅《りんさいばい》氏は「大切な機会ですので」と、国際電話で2時間に及《およ》ぶ取材に応じてくださった。どの識者にも、池田先生への溢《あふ》れる尊敬《そんけい》と感謝を語っていただいた。

「20世紀最高峰の文学」と称されるマルセル・プルーストの『失われた時を求めて』は、公的に認められている「世界最長」の小説だ。その長さは、400字詰《づ》め原稿用紙で1万枚になるという。

『新・人間革命』は、1万5千枚に及ぶ。まさに、世界一の壮挙《そうきょ》ではないか。しかも、コロナ禍《か》の不安が世界を覆《おお》う中、『新・人間革命』は、国内のみならず海外の友にも希望を送り続けている。池田先生こそ、日本が世界に誇《ほこ》る大文学者であり、偉人《いじん》である。

『新・人間革命』は、読む人を奮《ふる》い立たせずにはおかない。人生のあらゆる問題に対する解答は、『新・人間革命』の中にある。

世界広布の大道
小説「新・人間革命」に学ぶⅥ完

発行日　二〇二一年十月二日

編　者　聖教新聞社　報道局
発行者　松岡　資
発行所　聖教新聞社
〒一六〇―八〇七〇　東京都新宿区信濃町七
電話〇三―三三五三―六一一一（代表）

印刷・製本　大日本印刷株式会社

＊



定価は表紙に表示してあります
ISBN978-4-412-01686-6